「――《収《しゅう》奪《だつ》の剣《つるぎ》》」
ＨＰが減る機会というのも少ないので、せっかくだから
例のスキルを使用する。その宣言の瞬間、俺の握る太刀は
黒い靄のようなオーラを纏《まと》った。

ルミナ
ふとしたことから、クオンが
ゲーム内で「テイム」することになる
変わった小妖精。まだ幼く、
最初はマスコット的存在だが……？
クオン
主人公。クオンは「マギカテクニカ」内の
プレイヤー名で、本名は久遠《くどう》総一《そういち》。
現実世界では最強流派を極めた剣士で、
ゲーム内ではシステムに頼らず、
生身で習得した技のみで無双できる
「歩くチート」級の達人。

伊織 -いおり-
クオンが冒険の途中で出会うプレイヤー。
本業は衣装や防具の生産職だが、戦闘もこなす。
お嬢様っぽい雰囲気で、和装をこよなく愛する。
緋真 -ひさな-
クオンをゲームの世界に誘った少女剣士。
現実世界では、総一の弟子・本庄《ほんじょう》明《あ》日《す》香《か》。
凛とした美少女だが、密かに好意を
寄せるクオン(総一)には弱い。

確かに相性はそちらの方が
よろしいのですけど……
わたくしは、
刀か薙刀が使いたかったのです！

Magica《マギカ》 Technica《テクニカ》
現代最強剣士が征く
VRMMO
戦刀録
The Ultimate Swordmaster's
Heroicsaga In Magica Technica
Allen
ill.ひたきゆう
1

口絵・本文イラスト　ひたきゆう

CONTENTS

prologue プロローグ

――黒い軍勢が、地響《じひび》きのような足音を響かせて接近してくる。

数を数えることも億劫《おっくう》になるような軍勢は、ただこちらへの敵意と殺意を滲《にじ》ませながら接近してきていた。

対《たい》し、こちらは二人。正確には、後方にある都まで下がれば多くの味方はいるだろうが……生憎《あいにく》、そんなところで悠長《ゆうちょう》に待っているつもりはなかった。

「お父様、やはり無茶《むちゃ》です！　下がった方が――」

「何を馬鹿《ばか》なこと言ってやがる。これほどの機会、そうそうあるもんじゃねぇぞ」

抜《ぬ》き放った太刀《たち》を肩《かた》に担《かつ》ぎ、下がらせようとする仲間の声に対してそう返す。

嗚呼《ああ》、全く――こんな機会を、得ることができるとは思わなかった。

この現代の世で、合戦の空気なんてものを味わうことができるとは。

ゲリラ戦の火事場とも違《ちが》う、己《おのれ》の命と敵の血肉が交じり合うような戦場。

――俺《おれ》が、求めて止《や》まなかったものだ。

「くくっ、あの馬鹿弟子《ばかでし》には感謝せんとな。まさか、こんなに楽しい戦いを提供してくれるとは思わなんだ」

今はこの場にはいない、己の直弟子《じきでし》の姿を思《おも》い浮《う》かべ、俺は再び笑いを零《こぼ》す。

本当に愉快極《ゆかいきわ》まりない。今度、しっかりと礼をしてやらねばならないだろう。

多少ならば無茶な頼《たの》みも聞いてやらないでもない、それほどまでに、俺はこの状況《じょうきょう》に歓《かん》喜《き》していた。

「さぁ、始まりだ。よく見ておけ、我らの剣《けん》が――久遠神通流《くどうじんつうりゅう》がいかなるものであるのかを」

「……ッ」

抑《おさ》えきれぬ戦意に、後ろから息を飲む音が聞こえる。

けれど俺は軍勢から目を離《はな》すことなく、笑《え》みと共に太刀を構えていた。

全《すべ》ての始まりは数週間前、弟子が持ち込んできた一つの提案。

――その時のことを、俺は笑いだしそうになるほどの高揚《こうよう》を抑えながら思い返していた。

＊　＊　＊　＊　＊

息も吐《つ》かせぬ風斬《ぎ》り音と、閃《ひらめ》く黒い木刀の応酬《おうしゅう》。

雷《かみなり》のごとく打ち合わされる木刀――その只中《ただなか》にいるのは、俺と、目の前の男、ただ二人のみ。

まるで近寄るものを余さず砕《くだ》くミキサーのような剣戟《けんげき》の中、俺とジジイは、互《たが》いの剣に殺意を込めて打ち合っていた。

「くたばれやクソジジイがッ！」

「テメェが死ね馬鹿孫が！」

そんな言葉とは裏腹に、このジジイの、祖父である久遠厳十郎《くどうげんじゅうろう》の口元に浮かんでいるのは愉悦《ゆえつ》の笑みだ。

この応酬が、この戦いが楽しくて仕方ないと、そう告げるかのように。

俺からすれば、冗談《じょうだん》じゃない、と言うところだ。

使っている武器が木刀とは言え、振《ふ》るわれる剣戟は全てが本気。

紛《まぎ》れもない殺意を乗せたその一撃《いちげき》は、当たり所が悪ければ容易《たやす》く命を奪《うば》うだろう。

それを理解した上で――俺とジジイは、全力で剣を交えていた。

「はっ、鈍《にぶ》ったんじゃねぇかな、当主様よ？」

「テメェは進歩してんのか、クソガキが。そんなもんじゃ、当主の座はくれてやれねぇなあ！」

「んなモンいるかボケジジイ！　俺は――」

振り下《お》ろされる木刀を、己が木刀で流す。

だが、ジジイの木刀はまるで張り付いたかのように俺の木刀に喰《く》らいついている。

ならば、と、俺は力の位置を変えながらジジイに対して踏《ふ》み込んでいた。

剣を強引《ごういん》に流しながらの右肩《みぎかた》からの体当たり。これで体勢を崩《くず》せれば御《おん》の字《じ》だが、まぁそんな甘《あま》い相手じゃない。

「――アンタをブッ倒《たお》してぇ、それだけなんだからなぁ！」

「良く吠《ほ》えるなぁ！　だが、その程度じゃぁ効かねぇんだよ！」

案の定、ジジイは俺の体当たりを胸で受けながら、まるで微動《びどう》だにしていない。

耐《た》えたんじゃない。全ての衝撃《しょうげき》を足元に逃《に》がしたのだ。

この至近距離《きょより》、ジジイは口元に笑みを浮かべながら俺を見下ろしている。

密着した体勢では有効打にはなり得ない。一度仕切り直しが必要になる――そのタイミングで、このジジイは仕掛《しか》けてくるつもりだ。

先ほども何度かその状況になっているのだ、このジジイも分かっていることだろう。

故《ゆえ》に――

「――らァッ！」

「ぬぅ⁉」

――ここから決めに行くことなど、考えもしていなかっただろうよ！

密着した状態からの、無拍子の発勁《はっけい》。ジジイの目からは俺の脚《あし》が見えないように隠《かく》していた。

故にこそ、ジジイは俺がここから攻撃《こうげき》に移れることを気づけなかった。

足から腰《こし》、そして背中から連動させた密着距離の衝撃は、そのまま余すことなく俺の木刀へと伝えられ、ジジイの体を仰《の》け反《ぞ》らせながら跳《は》ね上《あ》がる。

さあ、俺の剣は装填《そうてん》された。後は――

「しゃあああああッ！」

先ほどの勢いをそのまま反転させるかのように、俺は木刀を振り下ろした。

大上段からの一閃《いっせん》、俺の持ちうる最強の剛剣《ごうけん》。

その一閃は、防御《ぼうぎょ》のために掲《かか》げられたジジイの木刀に直撃《ちょくげき》し――

「ぬ、おおおおおおッ⁉」

――芯鉄《しんてつ》の入った木刀をへし折って、ジジイを後方へと吹《ふ》き飛《と》ばしていた。

紛れもない会心の一撃。だが、今の感触《かんしょく》は妙《みょう》に軽い。

恐《おそ》らく、ジジイは衝撃を殺すために自ら後ろへと飛んでいたのだろう。

それを直感で理解するよりも早く、剣を振り切《き》った俺の体は前傾《ぜんけい》姿勢を取り、そのままジジイへと向かって飛び出した。

ジジイはまだ着地していない、その逃《のが》れがたい隙《すき》に――俺は、その首筋へと、己の木刀を突《つ》きつける。

「……俺の、勝ちだ」

「っ……く、ふふ、はははははっ！」

突き出《だ》されれば己の首を貫《つらぬ》くであろう切っ先を目にし、ジジイはさも愉快《ゆかい》そうに笑う。

だが、その声音《こわね》の中には、既《すで》に戦意は存在していなかった。

戦いの高揚ではなく――ジジイは、本当に愉快そうに笑みを浮かべていたのだ。

その表情に、俺は眉根《まゆね》を寄せて問《と》い詰《つ》める。

「おいジジイ、何笑ってやがる」

「くくっ……これが笑わずにいられるかよ。ようやく、ようやくこの俺に勝てる剣士《けんし》が生まれたんだからな――なぁ、見てただろう、お前たち」

その言葉に、はっと目を見開いて周囲へと視線を向ける。

近づいてもこなかったし、ひたすら目の前のジジイに集中していたせいで周囲を意識している余裕《よゆう》がなかったというのもあるが、俺が気づかぬうちに周囲には俺たち久遠一族の人間が勢揃《せいぞろ》いしていたのだ。

つまり、今俺がジジイに勝利したことは、一族全員の知るところとなったわけで――

「これにより、総一《そういち》は晴れて久遠最強の剣士となった！　故に、今この時より、久遠家の当主は総一が務めるものとする！」

「な……おいコラジジイ、テメェ何をいきなり……ッ！」

「ああ？　いつも言ってるだろうが、久遠家の当主は久遠家最強の男がなるものだってな。俺に勝った以上、お前が当主になるのは当たり前だろう？」

「いや、だがな……俺はまだ二十四だぞ？　家の運営なんて全く知らねぇっての」

「そんなモン俺だって知るか。その辺は運営組にでも任せておけ。お前は師範代《しはんだい》と直弟子に訓練つけて、時々やってくる挑戦者《ちょうせんしゃ》を叩《たた》きのめせばいいんだよ。つー訳で、俺は隠居《いんきょ》するからな。後は頑張《がんば》れよ」

一方的にそれだけ告げて、ジジイはそそくさと踵《きびす》を返す。

ああ、言ってることは正論だ。確かにそういう決まりだし、俺が勝った以上はそうなることも確かだろう。

だが――

「嵌《は》めやがったな、クソジジイイイイイイ！」

――わざわざ決闘《けっとう》場所に選んだこの人目につかない屋敷《やしき》の隅《すみ》に、どうしたら一族全員が集まるってんだ！

そんな俺の言葉にならない叫《さけ》びは、周囲の拍手《はくしゅ》の音に紛《まぎ》れてかき消されていた。

＊　＊　＊　＊　＊

「だぁー、クソが……」

「ちょっと先生、人が訓練している隣《となり》でそういう態度止めてくれます？」

半ば無理やり当主就任をさせられてはや数日。

俺こと久遠総一は、人生の目標を見失ったような状態に陥《おちい》っていた。

縁側《えんがわ》に寝転《ねころ》がっている俺の視界の中で剣を振っているのは、俺の唯一《ゆいいつ》の直弟子である本《ほん》庄明日香《じょうあすか》だ。

明日香は肩甲骨《けんこうこつ》辺りまでの黒髪《くろかみ》を揺《ゆ》らしながら、半眼で俺のことを睨《にら》みつけている。

まあ、真剣《しんけん》に訓練している最中に水を差されるのは不愉快《ふゆかい》だし、その気持ちは分からんでもない。

だが――

「俺はほら、あのジジイをブッ倒すことだけを人生の目標にしていたわけだが」

「何ていうか、灰色の青春だったんですね」

「どっちかというと赤かったがな。血とかで。まあとにかく……燃《も》え尽《つ》き症候群《しょうこうぐん》って奴《やつ》かね。何しても面白《おもしろ》みに欠けるッつーか」

初めてあのジジイに負けた時から、俺の目標はとにかくあのジジイを超《こ》えることだけだった。

とにかく剣に打ち込み、ひたすら修行《しゅぎょう》に修行を重ねて二十年弱――先日、俺はついにあのジジイを超えることができたわけだ。

それに伴《ともな》っていきなり当主にされたわけだが、まあこれについてはもう諦《あきら》めている。

というか、あのジジイの言っていた通り、実際殆《ほとん》ど何もしていない。

精々、師範代連中と明日香に稽古《けいこ》をつける程度だ。

その当の明日香は、一旦《いったん》手を休めて嘆息《たんそく》すると、呼吸を整えながら問いを発していた。

「それでそんなに老《ふ》け込んでるんですか。剣の特訓とかは？」

「してるぞ。毎日師範代連中を相手に乱捕《らんど》りしてるし、こうしてお前に訓練つけている間も、イメージトレーニングでお前を百回ぐらい打《う》ち倒しているわけだが」

「止めてくれません、そういうこと⁉」

まあ、後者については冗談だが。

とりあえず言えることは、だが――

「相手になる奴がいなくて退屈《たいくつ》なんだよなぁ。師範代連中は何故《なぜ》か自分からは挑《いど》んでこねえし」

「そりゃ、毎日1対5なのに一方的にぼてくり回されてたら挑む気も失《う》せるというか……」

「まあ、つまり退屈なわけだ」

「誤魔化《ごまか》しましたね……ええと、要するに苦戦したいんですか？　何か良く分からない感覚ですけど……先代当主様と戦ってみては？」

「ジジイは俺が当主になると同時に出奔《しゅっぽん》しやがった……今頃《いまごろ》温泉旅行にでも行ってるんだろうよ、クソが」

久遠家の当主はあまり仕事こそないものの、当主としてこの家に縛《しば》られることになる。

俺は当主になるまでその事は知らなかったのだが……つまりあのジジイ、俺を焚《た》き付《つ》けるだけ焚き付けて、俺が当主になるタイミングを計っていたのだ。

まあ、戦いに手を抜く人間じゃないし、わざと負けたということだけはありえないだろうが……俺に当主をやらせる気満々だったのだけは確かだろう。

「ったく、どっかに強い奴はいねぇもんかな」

「……それだったら、なんですけど。先生……ゲームをやってみる気はありませんか？」

「あ？　ゲームだ？」

明日香から放たれた意外な言葉に、俺は目を見開きながら体を起こしていた。

自分で言うのもなんだが、俺は生まれてこの方ゲームなんぞ一度もやったことはない。

五歳《さい》の頃《ころ》にジジイに負けてから、とにかくひたすら剣の道に打ち込んできたからだ。

だからこそ、先ほどの話題から何故ゲームに繋《つな》がったのかがさっぱり分からなかったのだが――

「これです、これ！」

「お前、なんで鞄《かばん》の中にゲームソフトなんか入れてるんだ？　ええと……『Magica《マギカ》 Technica《テクニカ》』？」

「略してMT！　今話題の、VRMMORPGです！」

「ああ……そういや、テレビでコマーシャルをやってたな」

VRゲームってのは、割と前から話題になってはいた。

最初は単なる視覚効果のみ。徐々《じょじょ》に他の五感に訴《うった》えかけるようになり、ついには没入型《ぼつにゅう》——即《すなわ》ちゲームの世界に完全に入り込む形でのゲームプレイが可能になったという。

その没入型の先駆《さきが》けになる、という謳《うた》い文句《もんく》で発売されたのが、確かこのMTとかいうゲームだ。

「……お前、修行もあるってのにこんなので遊んでたのか？」

「うっ、いや、遊んでいたのは事実なんですけど……でもですね、これが修行に使えるんですよ！」

「ゲームが？　修行に？」

「そうです！　こうやって訓練しているだけだと型の微調整《びちょうせい》ばかりになって、それを振える機会なんて滅多《めった》にないじゃないですか！　でも、ゲームの中なら遠慮《えんりょ》なく刀を振るって、斬《き》るべき相手を斬れるんです！　それに、強い敵もいますしね」

「……ほう」

それは確かに、興味をそそられる話だ。

現在、俺が戦える相手は師範代の連中か、この明日香のみってところになってしまう。

あいつらも確かに強くはあるんだが、俺にとってはまだまだ物足りない相手だ。

もっと様々な相手と戦いたい。願わくば俺よりも強い相手と。

そういう意味では、確かにゲームの中で戦うというのも悪くはないだろう。

「だが、ゲームの中なんぞで現実と同じように刀を振れるのか？　感覚がずれるようじゃ逆効果だぞ？」

「いいマシンを組んでもらえば大丈夫《だいじょうぶ》です。私は全然違和感《いわかん》を覚えませんし。何よりもこのゲーム、物理エンジンに凄《すご》く力を注いでいるんです！　ほぼほぼ現実の感覚と変わりませんよ」

「成程《なるほど》、それなら確かに面白そうではあるが……お前、何か妙に必死じゃねぇか？」

「い、いえ、そんなことはありませんよ？」

半眼で見つめる俺の視線に、明日香は視線を逸《そ》らしながらそう答える。

明らかに何か企《たくら》んでいる様子ではあるが――まあ、こいつが言っていることが事実ならば、確かに興味はある。

これからずっと暇《ひま》を持て余すのも勿体《もったい》ない。少しぐらい試《ため》してみるのもいいだろう。

そう判断して、俺は明日香の言葉に頷《うなず》いていた。

「……分かった、試してみるとしよう」

「ホントですか⁉」

「ああ。その代わり、説明役は任せるぞ。俺はこういうのは全く分からんからな」

「勿論《もちろん》ですよ！」

何故かやたらと生き生きし始めた明日香の様子に嫌《いや》な予感を覚えつつも、俺は僅《わず》かな期待を抑えきれずに、口元を笑みの形に歪《ゆが》めていた。

第一章　キャラクター作成

「何つーか、口車に乗せられた感はあるんだがな……」

今まで殺風景だった自室に置かれたのは、場違《ばちが》いなほどに大き目のPC。

そして、リクライニングチェアー型のVRマシンである。

ハイエンドのPCと、手が出せる中でも最も性能の高かったVRマシン。

これらを揃《そろ》えるのにはかなりの額が掛《か》かったのだが、これまで師範代、師範《しはん》として働いてきた金は全て貯金してきたため、購入《こうにゅう》には全く問題はなかった。

まあ、貯《た》め込むだけでは意味がないし、たまには散財するのもいいだろう。

ちなみにだが、ソフトに関しては何故か明日香《あすか》が二つ持っていた。どうにも、最初から俺を引き込むことを企んでいた様子である。

「まあ、金も使っちまったわけだし、ここで引き下がっちゃ損ってモンか。とりあえず、始めるとするかね」

PCは既に起動状態。VRソフトもインストールし、VRマシンも接続してある状態にある。

部屋にはしっかりと鍵《かぎ》をかけ、準備は完了《かんりよう》。

俺はＶＲマシンに座《すわ》り、肘掛《ひじかけ》のところにあるスイッチでマシンを起動した。

それと同時に、頭上から降りてきたヘッドギア型のディスプレイが頭に装着され、そしてＰＣの画面が表示される。

「さて……【Magica Technica《マギカテクニカ》】起動」

『起動処理中。少々お待ちください』

音声認識《にんしき》によってＶＲ対応ソフトが起動され、同時にＶＲマシンが作動していく。

程《ほど》なくして起動処理は完了し――全ての五感が遠ざかっていく、気絶と似たような感覚と共に、俺の視界はブラックアウトした。

『――【Magica Technica】へようこそ。初期設定を行います』

――だが、それも一瞬《いっしゅん》。

すぐさま復活した俺の視界に入ってきたのは、周囲に浮かぶリング状の光と、正面に浮《ふ》遊《ゆう》する光の塊《かたまり》だった。

ふわふわと浮遊する球状の光は、どうやら俺に対して説明を行っているらしい。

まあ、とりあえずこれの話を聞いておけばいいだろう。

明日香の奴は色々と説明をしてくれたが、正直良く分からなかったので、この場で適宜《てきぎ》聞きながらやった方がいいだろう。

『キャラクターネームを登録してください』

「キャラクターネーム？　あー、明日香の奴は『本名はダメですよ』とか言ってたっけか」

別に言われんでも、それぐらいの常識はあるつもりなのだが。

まあ、ここは適当でいいだろう。呼ばれづらい名前や妙な名前でさえなければ問題はあるまい。

というわけで――まあここは当主らしく、うちの苗字《みようじ》をもじった名前にでもしておくか。

「キャラクターネームは【クオン】、と」

『キャラクターネーム【クオン】で登録します。よろしいですか？』

宙に浮いた半透明《はんとうめい》のキーボードに打ち込み、己の名前を決定する。

確認《かくにん》のメッセージもエンターで了承《りようしよう》し、俺のアバターの名前は【クオン】に決まった。

すると、目の前に浮いていた光が突然《とつぜん》くるくると円を描《えが》くように動き始め――その中心に、光に包まれたアバターが出現する。

まだ光の輪郭《りんかく》のみが浮かび上がるそれを凝視《ぎようし》していると、再びアナウンスが響き渡《わた》った。

『アバターの容姿を登録します。現実の身体データを利用しますか？』

「ああ、それでいい」

むしろ、そうでなければ意味がない。

現実の体との乖離《かいり》が生まれてしまっては、それを用いて戦う意味がなくなってしまうからだ。

俺の言葉を受けて、光の回転がさらに速くなる。

そして次の瞬間《しゅんかん》――目の前には、黒いボディスーツのようなものを纏《まと》った、現実の俺自身の姿が浮かび上がっていた。

どうやら、あらかじめ行っていたスキャンの結果がきちんと反映されたようだ。

「ほう、正確だな……精密スキャンってのをやった甲斐《かい》があったか」

『種族を決定した後、アバターの詳細《しょうさい》設定を行います。種族を決定してください』

「っと、種族か」

目の前に浮かび上がるのは、それぞれの種族のイメージ画像および簡単な説明だ。

種族の種類は人間族《ヒューマン》、獣人族《ハーフビースト》、森人族《エルフ》、地妖族《ドワーフ》、魔人族《ダークス》、小人族《ハーフリング》の六種類。

それに加えて、獣人族《ハーフビースト》については、どうやら複数の獣の種類があるらしい。

これについては、どれを選んでも戦えないということはないらしいが――

「……まず、現実から身長、体重、そして余計な部位が追加される種族は却下《きゃっか》。この時点で人間か魔人だな」

よく言えば弱点がない、悪く言えば器用貧乏《きようびんぼう》な人間と、高いステータスを持つ代わりにいくつかのペナルティがある魔人。

まあ、自分の肉体として操《あやつ》るならば、やはり人間を選択《せんたく》した方がいいだろう。

その方が、より違和感なく体を使えるはずだ。

人間を選択すれば、先ほど表示されていた俺のアバターが、何ら変更《へんこう》されることなく俺の前に表示される。

しかし、全く変化がないというのも少し味気なくはあるな。

――そう考えた瞬間、再び光からアナウンスが流れていた。

『アバターの外見を設定してください』

「外見か……まあ、体を弄《いじ》る必要はないが、髪《かみ》と目ぐらいは変えておくか。明日香の奴も、見た目は変えてくださいとか言ってたし」

しばし考え、俺はアバター操作の欄《らん》の内、髪と目の項目《こうもく》について操作する。

現実より髪は伸《の》ばし、ポニーテールのような形に。少し昔の話ではあるが、このような髪型《かみがた》で活動していた頃もある。濃密《のうみつ》な日々であったたし、感覚のズレも少ないだろう。

そして、瞳《ひとみ》は群青色《ぐんじょういろ》へと変化させた。これだけでも、恐らく俺だとは分からない程度には印象が変わったことだろう。

外見はこれにて決定だ。さて、その次は——

『スキルを選択してください。スキルは武器スキル、魔法《まほう》スキル、そしてその他に五つのスキルが選択できます』

「スキル、ねぇ」

そう、これが問題だ。

この【Magica Technica】というゲームでは、全てのプレイヤーが最初に武器と魔法を選択する。

それは近接系の武器を選んだ場合でも必ずだ。

メインとなる武器と魔法、それらを組み合わせた魔導戦技《マギカ・テクニカ》。

その力を以《も》って、プレイヤーはこの世界で戦っていくことになる。

しかし、俺からすれば、現実にはありえぬ魔法という概念《がいねん》が理解しがたいものだったのだ。

「火ぃ出したり風出したりするのか？　剣から？　んなモン剣術《けんじゅつ》じゃねぇだろ……」

しかも、魔導戦技《マギカ・テクニカ》とやらは発動した瞬間に体が勝手に動き始めるらしい。

最早《もはや》意味が分からん、としか言いようがない。そんなものを使うぐらいなら自前で剣を振っていた方がマシだ。

「まあ、とりあえず武器は刀を選ぶとして……」

武器スキルの欄で、プルダウンメニューの中から《刀：Lv.1》を選択する。

スキルにはレベルが付いており、使っていればどんどんレベルが上がり、それに応じて威力《いりょく》も上昇《じょうしょう》していくらしい。

まあ、武器については問題ないだろう。考えねばならないのは魔法だ。

「魔法ねぇ……流石《さすが》に、使わないってのも変な話だしな……攻撃手段じゃない魔法とか？」

しかし、回復やら補助やらは属性魔法に含《ふく》まれており、そもそもそんな魔法を使うなんぞ俺の性にも合わない。

魔導戦技《マギカ・テクニカ》として使わず、しかし使いどころがある魔法。

何と言うか、ゲームシステムに真っ向から喧嘩《けんか》を売ってる気がしないでもないが……そんな感じの魔法がないかと探してみる。

――そこで目に付いたのは、一つの魔法だった。

「ふむ、《強化魔法》……武器や防具を強化する魔法か」

生産したアイテムに特殊効果《とくしゅこうか》を付与《ふよ》する《付与魔法《ふよまほう》》とは違い、その場その場で武器や防具の性能を高めるだけの魔法。

これならば、攻撃時に余計なモーションを出して動きを邪魔《じゃま》されることもないだろう。

刀が鋭《するど》くなるだけなら、別段問題はないからな。

「じゃあ、魔法は《強化魔法：Lv.1》と……で、残りは別のスキルか」

そして、またうんざりと眉根を寄せる。

このスキルが、またあまりにも数が多いのだ。

今の段階で習得できるスキルだけでも百個以上。そして、ゲーム中に取得できるスキルとなるとさらにその数倍。

まあ、後者についてはやっている最中に悩《なや》めばいいのだが、今この場で何を取得すべきなのかはさっぱり分からない。

「あー、そうだな……」

まず、自分がどんな風にゲームをプレイするのかを考える。

まあ、言わずもがな、とりあえず刀で敵を斬るだけだ。それも、自分自身の技と体で。

なので、勝手に回避《かいひ》したりだのステップしたりだの、そういうスキルは要《い》らん。自前で何とかする。

となると、欲《ほ》しいのは一時的に攻撃力《こうげきりょく》を高める類のスキルや、自前で回復できる類のスキルだろう。

前者については、まあ《強化魔法》があるのでそれほど緊急《きんきゅう》ではないが、後者はやはり欲しいところだ。

「スキル枠《わく》は五つ……攻撃は一つ、回復は二つぐらいか？　慣れない内から手札を増やしすぎてもな」

しかし、初期の回復手段は殆ど存在しない。

基本的に、あるのは《聖《せい》属性魔法》による回復魔法程度だ。

無論、《強化魔法》を選んでいる俺には取得できるはずもない。

しばしスキルの一覧を眺《なが》め——選んだのは、《ＨＰ自動回復》と《ＭＰ自動回復》の二つだった。

■《ＨＰ自動回復》：回復・パッシブスキル
ＨＰが最大値より減少している場合、ＨＰを徐々に回復させる。

回復は十秒ごとに行われ、回復量はスキルレベルに依存《いそん》する。

■《ＭＰ自動回復》：回復・パッシブスキル

ＭＰが最大値より減少している場合、ＭＰを徐々に回復させる。

回復は十秒ごとに行われ、回復量はスキルレベルに依存する。


スキルを一々発動するというのも、慣れない内には中々難しそうではある。

こういった、何もせずとも勝手に発動してくれるタイプのスキルは中々にありがたい。

「攻撃系もこの手のやつから選ぶかね、と……確か、ステータスアップ系は選ぶなとか言ってたな、あいつ」

何でも、上昇幅《じょうしょうはば》はあまり大きくないので、スキル枠を圧迫《あっぱく》するから序盤《じょばん》から取っておくのは難しいとのことだった。

発売してまだ一週間ちょっとだから、序盤も何もまだあまり進んではいないと思うのだが……まあ、その辺は従っておくとしよう。

しかし、そうなると常時発動系《パッシブ》スキルというものは中々少ない。

「うーむ……これぐらいか？」

見つけたのは、《死点撃《う》ち》というスキルだ。

■《死点撃ち》：補助・パッシブスキル

敵の弱点部位に対するダメージ補正を上昇させる。

ダメージの上昇幅はスキルレベルに依存する。


簡単に言えば、敵の弱点位置へのダメージ補正が上昇するというスキル。

このゲームでは、敵には全て生物的な弱点が存在するという。

要するに、頭やら心臓やらをぶち抜いてやれば相手は死ぬということだ。

まあ、一部アンデッドやら非生物やら例外はあるらしいが、とりあえず首を落とせば死ぬというのは分かりやすい。

仮に落とせなかったとしても、そういった生物としての弱点部位には、攻撃を当てると大きなダメージが発生するらしいが——このスキルは、そのダメージをさらに上昇させるというもののようだ。

「まあ、とりあえず弱点狙《ねら》って斬ればいいだけの話だ。攻撃も避《さ》けるなり受け流すなりすればいいだろう」

何やら《パリィ》だの《ブロック》だのといったスキルも存在したが、別に自前で受け流せるから必要ない。

さて、後は何を選ぶか——そう考えながらざっとスキル枠をスクロールしていった時、その一番下の欄に、《ランダム》という表示があるのを発見した。

《ランダム》というと、この中からランダムでスキルを選ぶということか？

「これについては聞いてなかったな……あー、これって質問したら答えてくれるのかねぇ」

『はい、質問は常時受け付けております』

「うおっ⁉　何だ、ただの定型文のシステムメッセージじゃなかったのか、お前」

『私はキャラクター作成補助用の簡易ＡＩです。スキルに関するご質問ですか？』

どうやら、この場で質問は受け付けているようだ。

だったら最初からいくつか聞いておけば良かったと思いつつも、先ほど発見した《ランダム》に関して質問を飛ばす。

「この、欄の一番下にある《ランダム》ってのは何だ？」

『スキルの中からランダムで一つのスキルが選択されます。ただし、特典としてこの一覧にはない珍《めずら》しいスキルもランダム枠の中に含まれております』

「ほう、この欄以外のスキルからも取得できる可能性があるってことか……ここにあるスキルとかは、後からでも取得できるんだよな？」

『はい。スキルポイントを消費して、スキルを習得することが可能です』

となると、別に取り返しがつかないということはないようだ。

それならまぁ、多少ギャンブルで遊んでみても問題はないだろう。そう考えて、俺《おれ》は残りの二つを《ランダム》に設定した。

これでスキルは五つ、枠は埋《う》めることができたはずだ。

『スキルの選択はこれでよろしいですか？』

「ああ。これで問題ない」

『では、最後に確認をお願いいたします』

その声と共に、俺の目の前のウィンドウに俺のステータス画面が表示される。

先ほどの内容が全《すべ》て、間違《まちが》いなく表示されている画面だ。

■アバター名：クオン

■性別：男

■種族：人間族《ヒューマン》

■ステータス

STR：10

VIT：10

INT：10

MND：10

AGI：10

DEX：10

■スキル

ウェポンスキル：《刀：Lv.1》

マジックスキル：《強化魔法：Lv.1》

セットスキル：《死点撃ち：Lv.1》

《ＨＰ自動回復：Lv.1》

《ＭＰ自動回復：Lv.1》

《ランダム》

《ランダム》

サブスキル：なし

このサブスキルとやらは装備していないスキルのことらしい。

スキルは初期時点だと五個しか装備できず、そこからクエストやらレベルアップやらで枠が増えていくとのことだ。

このスキル枠から溢《あふ》れて装備できないスキルは、全てサブスキルの枠に回されることになる。

まあ、今は五個しか持っていないから関係ないがな。

「確認した、ステータスはこれで問題ない」

『承認《しょうにん》いたしました。このまま【Magica Technica】へのログインを開始しますか?』

「ああ、頼《たの》む」

『承認を確認。では、貴方《あなた》の旅路に幸《さち》多からんことを——良き旅を』

淡々《たんたん》とした声音の中、どこか子供を慈《いつく》しむかのような響《ひび》きを感じ、思わず苦笑《くしょう》する。

そして、次の瞬間——周囲はホワイトアウトし、その眩《まぶ》しさに俺は目を閉じていた。

第二章　最初のログイン

眩《くら》んでいた目を開ける。

だが、それよりも数瞬《しゅん》早く、俺は己《おのれ》が立っている場所が変化していることを察知した。

どうやら、ゲームの世界へのログインは無事に完了したようだ。

俺の目に見えているのは、石畳《いしだたみ》の敷《し》き詰《つ》められた大きな広場。どうやら、ここがゲームのスタート地点となるらしい。

背後には聳《そび》え立《た》つ大きな黒い石碑《せきひ》があり、これを中心として広場が形成されているようだ。

広場には至る所に茣蓙《ござ》や屋台を開いてバザーのようなものが行われており、この場は非常に活気に満《み》ち溢れている。

と――その瞬間、俺の目の前にシステム画面が表示された。

『【Magica Technica】の世界へようこそ！　チュートリアルを開始しますか？　Ｙｅｓ／Ｎｏ』

どうやら、このゲームのプレイに関するチュートリアルを行ってくれるらしい。

が、ゲームのことについては明日香《あすか》の奴から聞けばおおよそ分かるだろう。

ゲームにログインしたらすぐに探しに行くと言われているし、これはスルーしておくとするか。

とりあえずＮｏを選択して画面を閉じ、俺は腰《こし》に帯びた刀へと視線を向ける。

どうやら、ベルトで挟《はさ》む形で装備しているようだが……刀の質が気になった俺は、とりあえず引《ひ》き抜《ぬ》いて一部刀身を晒《さら》し、確認を行った。

「ふむ……まあ、普通《ふつう》だな。数打ちの刀ってところか」

刀の重さや重心については違和感もなく、ごく普通の刀として扱《あつか》うことができるだろう。

あまりにもバランスがガタガタだったらどうしてくれようかと考えていたが、これなら問題はない筈《はず》だ。

武器については問題なし。後は――ああ、先ほど選んだランダムのスキルがあったか。

「あー……メニューオープン？　だったか」

明日香から聞いたメニュー画面の呼び出しワードを宣言する。瞬間、俺の目の前にはメニュー画面が表示された。

画面の左側には俺の全身像が表示されており、右側にはいくつかのメニューが並んでいる。

インフォメーション、アイテム、ステータス、スキル、フレンド、コンフィグ、ログアウト……まあ、機能については後で明日香に聞けばいいだろう。

一部気になるものはあったが、とりあえず後回しにして、俺はスキルのメニューを選択した。

「お？　きちんと表示されてるな。《収奪《しゅうだつ》の剣《つるぎ》》に《採掘《さいくつ》》？」

確か、《採掘》はあのスキル欄にも表示されていたスキルだ。これは普通のスキルということだろう。

だが、《収奪の剣》。このスキルは、あのスキル欄には表示されていなかったはず。

流し読みをしていたため確実とは言いがたいが、この名前には見覚えがなかった。

少し高揚《こうよう》を覚えつつ、俺はスキルの詳細を表示する。

■《収奪の剣》：攻撃《こうげき》・アクティブスキル

敵に対《たい》して与《あた》えたダメージの一部を吸収し、HPを回復する。

MPを消費して発動し、その次に行った攻撃行動にのみ効果が適用される。

与ダメージの吸収効率はスキルレベルに依存する。

■《採掘》：補助・パッシブスキル
採掘ポイントを強調表示し、採掘によって得られるアイテムにボーナスを追加。

ボーナス内容は出現するアイテムの品質上昇《じょうしょう》、アイテムの数の上昇。

上昇率《りつ》はスキルレベルに依存する。


「へぇ、こりゃまた……面白《おもしろ》そうだな」

《採掘》についてはともかく、《収奪の剣》は面白い効果だ。

攻撃がHPの回復手段として使えるのならば、継続戦闘《けいぞくせんとう》能力も高まるだろう。

消費したMPについても、あまりダメージを受けないように立ち回れば《MP自動回復》で元通りになるだろう。

それに、《採掘》についても決して無駄《むだ》というわけではない。

鉱石が手に入れば刀を作れるかもしれんし、使い所はあるはずだ。

大当たりは一つだったが、それでも十分に満足できる結果だと言えるだろう。

「後は……コンフィグ辺りを弄っておくか？」

時間潰《つぶ》しのために何となく押《お》してみるが、正直良く分からん項目が並んでいる。

少し気になったのは、痛覚設定とグロテスク表現フィルターとやらだ。

そういえば、VRゲームの中だと、安全のために痛覚を一部遮断《しゃだん》しているという話を聞いたことがあるが……痛覚設定というのは、恐《おそ》らくこれのことだろう。

まあ、一般的《いっぱんてき》に考えれば必要なものではあるだろうが、俺からしてみれば邪魔以外の何物でもない。

痛覚とはセンサーだ。それが鈍《にぶ》っていては、戦闘においても察知が一瞬遅《いっしゅんおく》れる可能性がある。

というわけで、痛覚設定は100％。設定時に警告やら自己責任やらのウィンドウが出たが、気にせずOKにする。ついでにグロフィルターも切っておく。

「よし、これでいいだろう。さて、それで……あの馬鹿弟子《ばかでし》はどこだ」

明日香はログイン地点で待っている、と言っていたのだが……それらしい姿は見当たらない。

俺が気づいていないだけか？　だが、あいつの足運びはいつも見ている。近くにいれば気づかないはずもないのだが。

そう思いながら周囲に視線を走らせていると――――こちらに向かって近づいてくる、二人の人影《ひとかげ》が目に入った。

ふむ、どうやらあいつは少し遅《おく》れていただけのようだが――

「――ですから、その話はお断りしたはずです」

「しかし、緋真《ひさな》さん！　貴方ほどの実力を持つプレイヤーが前線を離《はな》れるなど――」

「そもそも、私は貴方のパーティに所属しているわけでもありません。行動を制限される筋合いはないはずです……っ、失礼」

どうも、厄介《やっかい》な手合いに絡《から》まれていたようだな。

思わず苦笑を零《こぼ》しつつ、俺の姿を発見して慌《あわ》てて駆《か》け寄《よ》ってくる弟子の姿を見つめる。

隣《となり》で話しかけていた男を振《ふ》り払《はら》うような速度で俺の目の前まで到達《とうたつ》した明日香は、申し訳なさそうな表情で俺を見上げながら声を上げた。

「申し訳ありません、先生！　まさか、もうログインしていたなんて」

「謝《あやま》ることはない。俺も、明確な時間は決めていなかったんだ。それに、面倒《めんどう》な手合いに絡まれていたんだろう？　お前に責任がないなら、そう弁明しろ。分かったな？」

「……はい、ありがとうございます、先生」

そう呟《つぶや》いて、明日香は顔を上げる。

基本的に、普段《ふだん》の見た目とそれほど変わりはない。

だが、赤を基調とした衣装と、深紅《しんく》に染め上げられた髪は、普段の印象とは一部乖離《かいり》し

たものとなっていた。

まあ、奇抜《きばつ》な色ではあるのだが、意外と似合っている。

これもゲームとしての効果ということなのだろうか。

「えっと……先生のキャラ名はクオン、ですか」

「分かりやすいだろう？　お前の方は……緋真？　また微妙《びみょう》な読み方を……相変わらず六文銭が好きなようだな」

「い、いいじゃないですか、それぐらい」

少し照れたように眉根《まゆね》を寄せる明日香――いや、緋真か。

俺としては見慣れた仕草であるのだが、しかし周囲の様子が若干妙《じゃっかんみょう》だ。

俺《おれ》たちの方を見てざわついている連中が多い。視線の中心にいるのはどちらかと言うと緋真だが、一部不躾《ぶしつけ》な視線が俺の方にも向かってきていた。

あまり、見られていて愉快《ゆかい》な状況《じょうきょう》と言うわけでもないな。とりあえず、さっさとこの場を離れた方が落ち着けるか。

「さて、緋真。とりあえず、色々と案内してくれ。何せ、チュートリアルも飛ばしたんでな」

「先生ならそうするだろうと思ってました。それじゃあ、まずは――」

「待ってください、緋真さん！」

俺の意図を察し、緋真はさっさとこの場を離れようと踵《きびす》を返す。

だが、その際に俺の手を引いたのが悪かったのか――突如《とつじょ》として声を上げた男がいた。

見るまでもないが、先ほど緋真に絡んでいた男だ。

青い髪に、やたらと凝《こ》ったデザインの鎧《よろい》と長剣《ちょうけん》が目立つ、戦士風の男。

正直、あまり機能的なものには見えないのだが、あんな武器や防具でまともに戦えるのだろうか。

そんな俺の疑問を他所《よそ》に、その男は緋真に向かって憤《いきどお》りの混じったような声を上げた。

「緋真さん、その男を案内するために、攻略《こうりゃく》から離れると言うのですか！」

「そうですが、それが何か？」

おっと、普段のこいつにはありえないような冷たい声だ。どうやら、あの男は随分《ずいぶん》と嫌《きら》われているらしい。

まあ、あの言動では無理もないだろうが。

「貴方はＭＴにおける最強のプレイヤーだ！　貴方が前線を離れるなんて、ゲーム全体の損失に等しい！　一緒《いっしょ》にパーティを組んだ人間として――」

「パーティを組んだのは以前あったイベントの時だけで、それ以降は一緒に冒険《ぼうけん》をしたこともありません。貴方にプレイスタイルを制限される謂《いわ》れもありませんし、そうやって話しかけられるのは不愉快《ふゆかい》です」

にべもない一言に、青髪の男は絶句し――その様子に、俺はくつくつと笑いを零した。

いやはや、こういう手合いはどこにでもいるものってわけだ。むしろ、ゲーム世界で箍《たが》が外れている分、現実世界よりも多いのかもしれないな。

そう考えて笑《え》みを隠《かく》せずにいたのだが……どうやら、この男はそれが気に入らなかったらしい。

緋真に言《い》い繕《つくろ》っていたその口を、今度は俺の方へと向けてきた。

「っ……何がおかしい、初心者の分際で！」

「そりゃ誰《だれ》だって最初は初心者だろうよ。お前だってそう変わらんだろう？」

「な……ふん、本当に初心者のようだな。僕《ぼく》は《蒼《あお》の剣影《けんえい》》！　トッププレイヤーの一角たるフリードだ！」

「ああ？」

ゲームがサービス開始から大して時間も経《た》っていないだろうが、というニュアンスで言っていたのだが……まあ、勘違《かんちが》いしていようがどうでもいい。

それよりも、大切なことは、だ――

「おい、緋真。お前、この世界《ゲーム》なら強い相手がいくらでもいると言っていただろう?」

「は? はい、そうですけど……」

「あんな素人《しろうと》がトップだって言うんなら、いったい何処《どこ》に期待しろって言うんだ、お前は」

「な――――」

足運び、体重移動、どれを取ってもなってはいない。

動きを見ているだけでも分かる、武術を齧《かじ》ったことすらない、ずぶの素人だ。

こんな程度でトップになれるというのなら、他の連中もたかが知れているだろう。

「あ、あの、先生……大体のプレイヤーはこんなものですから。先生の相手になると言ったのは、フィールドやダンジョンで出現する敵とか、そういう相手です」

「お? ああ、そういう意味か……ログインして数分で失望するところだった。よし、だったらさっさと案内しろ」

「はぁ、それはいいんですけど、その……」

そう、緋真が呟いた瞬間だった。

突如として横合いから飛来した物体を、俺は即座《そくざ》に掴《つか》み取《と》る。

音からしても布状の物体だということは分かっていたが、手を開いてみれば、そこにあったのは白い手袋《てぶくろ》だった。

どうやら投げたのは、あのフリードとかいう男のようだったが、これは攻撃のつもりなのか？

そう考えて視線を向けたその瞬間、俺の目の前にウィンドウが表示された。

――その表示に、俺は思わず口元を笑みに歪《ゆが》める。

『【フリード】から決闘《けっとう》を申し込まれました。受諾《じゅだく》しますか？　Ｙｅｓ／Ｎｏ』

「ほぉ？　俺に勝負を挑《いど》むってか、小僧《こぞう》」

「馬鹿《ばか》にするのも大概《たいがい》にしろ、初心者風情《ふぜい》が！　身《み》の程《ほど》を教えてやると言っているんだ！」

「身の程ねぇ……まあいいぜ」

「ちょっ、先生⁉」

くつくつと笑いながら、何やら色々と条件の記載《きさい》されているウィンドウのＹｅｓを押下《おうか》する。

緋真は慌てた様子で制止の声を上げようとしていたが、それよりも僅《わず》かに早く、半球状の領域が広がり、俺とフリード以外の人間はその場から排除《はいじょ》されていた。

成程《なるほど》、これが決闘の場ということか。それほど広いわけではないが、これだけあれば戦闘には十分だろう。

笑みを浮《う》かべ、俺は抜刀《ばっとう》して正眼《せいがん》に構えた。

「僕を侮辱《ぶじょく》した報《むく》いを受けてもらう……さあ、来るがいい！」

「おいおい、何を言ってるんだお前は。俺は素人相手《しろうとあいて》に先手を譲《ゆず》らぬほど落ちぶれちゃいねぇぞ？」

「ッ……！」

俺の言葉に、フリードは俯《うつむ》き、ぶるぶると肩《かた》を震《ふる》わせる。

まあ、今の言葉に嘘《うそ》はない。素人相手なら、先手を譲ってやるのが筋ってモンだ。

――どちらかと言えば、俺は後手の方が得意だしな。

「いい加減に、しろッ！」

度重《たびかさ》なる挑発《ちょうはつ》に堪忍袋《かんにんぶくろ》の緒《お》が切れたのか、叫《さけ》ぶと同時にフリードは駆け出《だ》していた。

その手にあるのは青み掛《が》かった長剣。成程確かに、駆けるスピードは中々のものだ。

だが、重心はぶれているし、歩幅《ほはば》も合っていない。フェイントも何もなく、どこに攻撃するかが丸分かりのテレフォンパンチだ。

振るう刃《は》は袈裟懸《けさが》け。故《ゆえ》に――その一閃《いっせん》を、刀の刀身を以《もっ》て絡め取る。

斬法――柔《じゅう》の型、流水《りゅうすい》。

「――――っ」

フリードの攻撃は斜《なな》め後方へと受け流し、その重心を前へと崩《くず》させる。

これがしっかりと訓練している奴《やつ》であれば、攻撃が受け流されていることにも気づけただろうが——恐らく、今のこいつは何故《なぜ》自分の体が伸びきっているのかも分かっていないだろう。

だが、それを理解するのを待つつもりもなく、俺は眼前に差し出された首筋に対して、下段から翻《ひるがえ》った一閃を叩《たた》き込んだ。

骨の隙間《すきま》を狙った一閃はまるでお手本のようにフリードの首に食い込み——その素《そ》っ首を刎《は》ね飛ばす。残った体が倒《たお》れ、一瞬遅れて首が地面に転がり、その両方が血飛沫《ちしぶき》を上げながら消滅《しょうめつ》する。

その様を見届けて——俺は、一つ嘆息《たんそく》を零していた。

「やはり、見た目通りだったな」

第三章　レベルアップ

『【フリード】との決闘に勝利しました。賞品がインベントリに格納されます』

『レベルが上がりました。ステータスポイントを割《わ》り振ってください』

『《刀》のスキルレベルが上昇しました』

『《死点撃ち》のスキルレベルが上昇しました』

「お、おお？」

刀に血脂《ちあぶら》がついていないことを確認《かくにん》し、鞘《さや》に収めたのとほぼ同時。

俺の耳には、あのキャラクター作成の時に聞いたＡＩのものと同じ響きの声が聞こえていた。

どうやらシステムメッセージのようだが、いったいどうすればいいんだ、これは。

チュートリアルをすっ飛ばしたせいかもしれんが、どう対処すればいいかが良く分からん。とりあえずは緋真《ひさな》に聞いておいた方がいいか。

「おい、緋真。何かレベルが上がったとか言われたんだが、どうすりゃいいんだ？」

「……いや、何でゲームを始めてから一歩も動かないうちにレベルが上がってるんですか、先生……とりあえず、移動しましょう。歩きがてら説明しますから」

「あー、そうだな、頼む」

どうにも、周囲の視線が集まりすぎている。

今更《いまさら》目立ちたくないなどと言うつもりもないが、流石に衆人環視《しゅうじんかんし》の真《ま》っ只中《ただなか》でいつまでも立ち話を続けるのも居心地《いごこち》が悪い。

緋真に案内させて石碑の建っている広場から離れるように歩き始めれば、流石に周囲の人間がまとめて付いてくるようなことはなかった。

いや、一部興味本位で付いてきている奴はいるようだが、まあ気にするほどのことではないだろう。

一応、気づいているということを告げる意味でその連中がいる方向を睨《にら》みつけ、さっさとその場を立ち去るよう歩き出す。

とりあえず、少しは落ち着いたか。

「はは、大層なデビューになっちまったな」

「本当ですよ、もう……って言うか、レベル差が15以上開いている相手になんで勝てるんですか」

「逆に聞くが、お前、俺があんな奴に負けるとでも思ったのか？」

「……まあ、それもそうですよね」

現実における俺の実力を思い出したのか、緋真は乾《かわ》いた笑みと共に嘆息を零していた。

だが、すぐに気を取り直したのか、軽く頭を振ると共に、いつも通りの表情を見せて声を上げる。

「それじゃあ、まずはキャラレベルから説明します。メニューのステータスを開いてください」

「おう、メニューオープン……で、ステータス、と」

■アバター名：クオン

■性別：男

■種族：人間族《ヒューマン》

■レベル：2

■ステータス（残りステータスポイント：2）

STR：10

VIT：10

INT：10

MND：10

AGI：10

DEX：10

■スキル

ウェポンスキル：《刀：Lv.2》

マジックスキル：《強化魔法《まほう》：Lv.1》

セットスキル：《死点撃ち：Lv.2》

《ＨＰ自動回復：Lv.1》

《ＭＰ自動回復：Lv.1》

《収奪《しゅうだつ》の剣：Lv.1》

《採掘《さいくつ》：Lv.1》

サブスキル：なし

■現在SP：2

「ほう、何か色々と変わってるな」

「……うん？」

表示させた画面を覗《のぞ》き込み、緋真が疑問符《ぎもんふ》を浮かべている。

最初の時と変わっているのは、レベルとやらが上がっていること、残りステータスポイントというものが表示されていること、スキルレベルがいくつか上昇《じょうしょう》していること、そして現在ＳＰというのが増えていることだ。

これが何なのか、と説明を求めようと緋真へと視線を向けるが――何故か、こいつは両手で頭を抱《かか》えていた。

「おい、何だその反応は」

「……色々と言いたいことはありますが、とりあえず順番に説明します」

「お、おう」

そしてやたらと不機嫌《ふきげん》なトーンになっている緋真に思わず気圧《けお》されつつも、俺は頷《うなず》く。

そんな俺の様子を知ってか知らずか、緋真はまず欄《らん》の内、残りステータスポイントの部分を指差した。

「本当に基本の基本ですが、このゲームでは、敵を倒《たお》して経験値を溜《た》めるとレベルが上がります。そうすると、ステータスポイントとスキルポイントが２点ずつ配布されます」

「この一番下の奴がスキルポイントか。で、ステータスポイントの方はどう使うんだ？」

「六つあるステータスの内、任意のステータスを上げることができます。ＳＴＲは筋力、ＶＩＴは耐久《たいきゅう》、ＩＮＴは知力、ＭＮＤは精神、ＡＧＩは速力、ＤＥＸは器用ですね」

「……どれを上げればいいのかよく分からんな」

「いくつかを優先的に上げて、他のステータスはまあ均等に少しずつ上げていくのがいいですね。極端《きょくたん》に上げるのも強いことは強いんですが、やっぱりある程度は必要になるので」

詳《くわ》しく説明を聞けば、おおよそ以下のような性質があることを教えられた。

ＳＴＲは攻撃力《こうげきりょく》に寄与《きよ》。重い装備を装備する時などにも必要になる。

ＶＩＴは防御力《ぼうぎょりょく》に寄与。総ＨＰの上昇にも繋《つな》がる。

ＩＮＴは魔法攻撃力《まほうこうげきりょく》に寄与。一部の魔法系スキルの習得条件にもなる。

ＭＮＤは魔法防御力《まほうぼうぎょりょく》に寄与。総ＭＰの上昇にも繋がる。

ＡＧＩは素早《すばや》さに寄与。一部の回避《かいひ》系スキルの習得条件にもなる。

ＤＥＸは生産成功率に寄与。遠距離《えんきょり》武器の命中補正にも影響《えいきょう》する。

「まあ、ＡＧＩは上げてもそこまで行動速度が上がるわけではありませんけど。先生が動く時だって、違和感《いわかん》はありませんでしたよね？」

「言われてみればそうだな」

「色々と考察はされているんですけど、今のところ人間の限界は超《こ》えられないというのが定説になってます。上げていればオリンピック選手みたいな速さで動けるようになるみたいですが、最初から動ける人の動きが制限されるわけでもないようですし」

「ふむ……まあ、下の二つはあまり上げすぎなくてもいいかもな。ＩＮＴも微妙だが」

「……普通、ＩＮＴは上げないといけないタイプなんですけどね。魔法の威力《いりょく》はＩＮＴ依《い》存《そん》ですから」

確かに、ＩＮＴが上がれば魔《ま》法威力《ほういりょく》も上がる。ということは、《強化魔法》の上がり幅《はば》も上昇するかもしれない。一応こちらも上げておくとするか。

防御《ぼうぎょ》については受け流せばなんとかなるだろうし――

「……ＳＴＲとＩＮＴ優先、次点で防御系、その次がその他。３：２：１の割合ってところか」

「妥当《だとう》だと思います。割り振る場合は、そのステータスの表示をタップしてください」

緋真の言葉に頷き、俺はＳＴＲとＩＮＴのステータスを上昇させる。とりあえず、レベルアップのステータス処理はこれで完了《かんりょう》だろう。

「さて、次はスキルか？」

「ええ、スキルです。スキルですが……何選んでるんですか先生⁉」

「うおっ⁉」

突如として詰め寄ってきた緋真に、思わず仰《の》け反《ぞ》る。

が、俺の様子など意にも介《かい》さず、緋真はさらに詰め寄り、半ば密着するような体勢で喚《わめ》き始めた。

「《刀》はまだ分かります、先生だから選ぶだろうなと思ってました。でも、なんでよりによって《強化魔法》なんですか……⁉」

「お、おお？　いや、魔導戦技《マギカ・テクニカ》とかいうのを使いたくなかったんで、使わんでも効果のある奴を選んだんだが」

「MT使わないって……先生、何でいきなりこのゲームのシステムに喧嘩《けんか》売ってるんですか」

「勝手に体を動かされるぐらいなら、自分で強化して自分で斬《き》った方がマシだろう」

「……そういえば先生、リアルでMTみたいなことできるんでしたね」

少しだけ落ち着いたのか、緋真は嘆息しながらその場から一歩下がる。しかし未《いま》だ納得《なっとく》しきれていないのか、緋真はじっと俺の刀を見つめた後に声を上げた。

「先生、一度《強化魔法》を使ってみてください」

「おん？　街中だが、使っても大丈夫《だいじょうぶ》なのか？」

「周囲に攻撃する類《たぐい》でなければ特に文句は言われませんから。確か、防具の防御力を上げる魔法がありましたよね？」

「ええと……」

スキル欄の中から《強化魔法》をタップする。すると、二つの魔法の名前がその下に表示された。

■《強化魔法》シャープエッジ
武器の攻撃力を上昇させる。
強化の割合はスキルレベルとＩＮＴの値に依存。

■《強化魔法》ハードスキン
胴《どう》防具の防御力・魔法防御力を上昇させる。
強化の割合はスキルレベルとＩＮＴの値に依存。

「とりあえず魔法はあったが、どうやって使うんだ？」

「これを使おう、という感じで念じてみてください。視界の端《はし》にゲージみたいなのが表示されたら成功です」

「ふむ、やってみよう」

とりあえず、試《ため》してみるのは【ハードスキン】だ。

この魔法を使おう、とイメージしながら意識を集中させる。

すると、緋真の言う通り、視界の右上に青いゲージのようなものが表示された。

だが、そのゲージは見る見るうちに減り、黒い枠《わく》だけを残して消えてしまう。

ちょうどそのタイミングを見極《みきわ》めていたのか、直後に緋真は次の指示を寄越《よこ》してきた。

「ゲージがなくなったら、魔法の名前を唱えてみてください。口でですよ？」

「おう……【ハードスキン】！」

若干《じゃっかん》の気恥《きは》ずかしさと共にそう宣言すると同時、身に纏《まと》っていた服が青く輝《かがや》き、そのまま淡《あわ》い光を纏ったような状態となる。

どうやら、魔法は上手《うま》く発動できたようだ。

「で、その状態から、アイテムの装備欄を確認してみてください。胴防具に魔法がかかっているはずです」

「ふむ、装備欄ね」

閲覧《えつらん》したことはなかったが、とりあえず確認してみる。

どうやら、装備は右手、左手、頭防具、胴防具、腰防具、腕《うで》防具、足防具、アクセサリに分かれているようだ。

今の装備は全《すべ》て《初心者の◯◯》といった表示がされている装備で、まあ全て初期装備ということなのだろう。

言われた通りに胴防具を確認すると、確かに魔法の効果が現れている様子だった。

■《防具：胴》初心者の革鎧《かわよろい》
防御力：５（＋１）
魔法防御力：０（＋１）
重量：５
耐久度：１００％
付与《ふよ》効果：なし
製作者：―

「……魔法の効果ってのは、この括弧《かっこ》の中身か？」

「はい……見ての通り、《強化魔法》の効果って本当に微妙なんですよ」

これには流石《さすが》に反論できず、俺《おれ》は思わず口元を引き攣《つ》らせた。

成長すればまだマシなのかも知れないが、現状は雀《すずめ》の涙《なみだ》でしかない。

まあ、他のを選んでも使わなかっただろうし、別に構いはしないのだが。

「長時間恒常《こうじょう》火力が伸《の》びるというメリットからMTもありませんが、正直なところ『強力な必殺技《ひっさつわざ》』という位置づけがされているMTがないのは割に合いません」

「……まあ、別にいいだろ。首か心臓を斬れば死ぬんだしな」

「確かに、その点を考えると《死点撃《う》ち》を持っていたのは不幸中の幸いでしたね。普通は殆《ほとん》ど狙《ねら》えない外れスキル呼ばわりされますけど、先生なら当てられるでしょう」

どうやら、こちらは当たりではあったらしい。まあ、俺に限っては、という話らしいが。

弱点を狙うなんざ、相手の体勢を崩してやれば簡単なことだと思うんだが、そんなに難しいモンかね。

「まあ、それは納得しました。先生ならまだ活《い》かせるスキルでしょう……けど、何で自動回復系なんか持ってきたんですか!?」

「む？　いや、回復手段は欲《ほ》しいと思ってな」

「……いいですか？　回復は、回復アイテムを使えば間に合います。普通にＮＰＣショップでも購入《こうにゅう》できますし、もっと性能のいいものを生産職が作っていたりもします。だから、回復手段でスキル枠を埋《う》めるのは、余裕《よゆう》ができてからでいいんです！　しかも微々《びび》たる量しか回復しない自動回復なんて……初期の貴重なスキル枠を割《さ》くのは勿体《もったい》なさすぎます！」

　確かに、初期のスキル枠はたったの五つ。

効果の薄《うす》いスキルのために割くのはいささか勿体ないと言うのも頷ける。

が――正直なところ、初期のスキルでは使えるものがほとんどなかったため、俺としては満足しているのだ。

「まあ、いいんじゃないか？　使えるスキルがあったら入《い》れ替《か》えればいい。どうせスキルなんて大して使いもしないからな、ポイントも余るだろう。何しろ、初期だって二つランダムにしたぐらいだし」

「見覚えのないスキルがあると思ったら、挙句の果てにランダムとか……！　ああもう！マシンのことばかり考えてるんじゃなかった！」

終《しま》いには頭を抱え始めた緋真の姿に、俺は思わず苦笑《くしょう》を零す。どうにも、こいつは固定観念に縛《しば》られすぎなきらいがある。

　常識に縛られず、空気を読まないことこそが剣士《けんし》としての一つの才覚であると言えるのだが。

普段はそこそこできているというのに、ここだとどうもセオリーというものを気にしすぎているのではないだろうか。

ふむ……鍛《きた》え直すか。

「ッ⁉　先生、何か妙《みょう》なことを考えてません⁉」

「お？　いい直感だな、その感覚を忘れないようにしておけよ？」

「質問に答えてないんですけど⁉」

「それより、この《収奪の剣》はどうだよ？　これぐらいは当たりじゃねえのか？」

詰《つ》め寄ってくる緋真をなだめすかし、俺は最後のスキルである《収奪の剣》を示してそう問いかける。

まだ試したわけではないが、この効果はかなり便利なスキルのはずだ。

だが緋真は、俺の問いに対し、僅かに表情を曇《くも》らせながら首を傾《かし》げていた。

「……確かに、それは強いスキルだと思います。けど、そのスキル……私でも見たことがないんです」

「何？　お前、一応このゲームでは上位のプレイヤーなんだろ？」

「はい。ですけど、そのスキルについては名前すら聞いたことがありません。ランダムとは言え、初期で取得できるスキルということは、この近辺で手に入るスキルなのでしょうけど……」

「ふむ……よく分からんが、まあ運がよかったということだな」

「相変わらずですね、先生。確かに、そのスキルはかなり強力ですから、きちんと鍛えた方がいいかと」

色々と酷評《こくひょう》はしてきたものの、それだけは保証して、緋真は頷く。

若干先行き不安なところはあるが……まあ、なるようになるだろう。

せっかく珍《めずら》しいスキルを引いたんだし、作り直すというのも勿体ないからな。

「ほれ、他に説明はあるのか？　ないならとっとと敵がいるところに案内しろ」

「あ、はい。でも、その前に……先生、さっきフリードに勝利して、結構お金が手に入りましたよね？」

「おん？　……ああ、アイテム欄には結構な金額が書いてあるな」

額にして、537,643Z《ゼル》。相場はよく分からんが、少なくとも初心者が持てるような額ではないだろう。

決闘に勝利したら、相手の持っている金を奪《うば》えるということか？

思いがけぬ臨時収入であるが、その話を聞いた緋真は、にやりと笑みを浮かべてみせた。

「――それでは、まずは装備を整えるとしましょうか」

緋真に案内されて向かったのは、プレイヤーでごった返す大通りの一角だった。

周囲には露店《ろてん》がいくつも広がっており、無数の武器や防具が陳列《ちんれつ》されている。

しかし、その中で一際《ひときわ》目立つのが、通りの一角に設置されている巨大《きょだい》なテントだ。

その周囲に開かれている露店は他に比べて品揃《しなぞろ》えが良く、プレイヤーも多く集まっている状況にある。

そんな人ごみの真っ只中を、俺と緋真《ひさな》はすいすいと人を躱《かわ》しながら進んでいた。

「あそこが目的地か？　随分と混《こ》んでるみたいだが」

「はい、そうですよ。あそこは生産職の人たちを取り仕切っているプレクランの本拠地《ほんきょち》です」

「プレクランってのは何だ？」

「クランというのが、プレイヤー同士が組んで作ったチームのようなもの。けど、それを作るにはまだ開放されていない次の街に到達しないといけないんです」

「だからプレって訳か。しかし、そんな大層なところに入れるのか？」

どう見ても人気店、人が集まりすぎている状況だ。素直《すなお》に話を聞いてもらえる状況じゃないと思うんだが。

そんな俺の疑問に対し、緋真は得意げな表情を見せながら声を上げた。

「私、これでもトッププレイヤーですから。当然、ここの人たちとも懇意《こんい》にしていますとも」

「成程。補給線を構築するのはいいことだ。じゃ、俺はお前の恩恵《おんけい》にあやかるとするかね」

「ええ、存分に。さあ、こっちですよ」

俺を先導するように進む緋真に、見えないように笑いを零す。普段は俺が教える立場だから、こういったやり取りは少々新鮮《しんせん》だ。緋真の方も、俺に教えられるという立場を楽しんでいる様子である。

まあ、たまにはそういうのもいいだろう。

「おい、あれは……」

「《剣姫《けんき》》……」

「隣にいる奴は、さっきの……」

しかし、随分と注目されている様子だ。

緋真は容姿も整っているし、現実に準拠《じゅんきょ》したアバターだから不自然さも見当たらない。しかもトッププレイヤーともなれば、注目されるのも当然だろう。

まあ、それに付随《ふずい》して俺まで視線を集めているわけだが――

「……俺に挑んでくる奴はいないのかねぇ」

「先生、これ以上騒《さわ》ぎを起こすのは止めてくださいよ。ほら、さっさと入りますよ！」

「はいはい、分かってるよ」

俺の呟《つぶや》きを聞きとがめた緋真に注意されつつも、二人並んで大きな天幕の中へと足を踏《ふ》み入れる。

その中では、幾人《いくにん》かのプレイヤーたちが忙《せわ》しなく動き回り、様々な商品を運んでいた。結構な数のプレイヤーがいるが、それを指揮しているのは恐《おそ》らくたった一人――中央付近で大きなテーブルについている、長い金髪《きんぱつ》の女だろう。

そんな彼女《かのじょ》に近づいた緋真は、朗《ほが》らかに挨拶《あいさつ》の声を上げた。

「こんにちは、エレノアさん」

「あら、緋真さん。いつものことだけど、今日は一段と話題の人ね。彼《かれ》が噂《うわさ》の？」

「……初めまして、クオンです。うちの弟子《でし》が世話になっているようで」

「いえ、こちらこそ。よろしくお願いしますね、クオンさん」

物腰《ものごし》の穏《おだ》やかな森人族《エルフ》の女性。

しかしながら、その奥《おく》には経験豊富さ故の凄《すご》みというものを感じさせる。

俺は商売に関してはからっきしだが、これだけの人数を纏め上《あ》げられるだけの能力は肌《はだ》で感じ取ることができた。

「先生、あんまり変なこと言わないでくださいよ、もう……エレノアさん、フィノはどちらに？」

「ああ、あの子なら奥にいるわよ。あの子に注文？」

「いえ、とりあえずは出来合いのつもりです。ただ、先生を紹介《しょうかい》しておこうかと。では、お忙《いそが》しいところごめんなさい」

「対応ありがとう、またいずれ」

「ええ、また」

ふむ……彼女とは、仲良くしておいて損はないだろう。

緋真がどういう流れで知り合ったのかは知らないが、いい縁《えん》を紡《つむ》いでくれていたようだ。

再び指示へと戻《もど》った彼女の様子をちらりと眺《なが》めつつ、俺は緋真に続いて天幕の奥へと向かう。

そこには在庫と思わしき無数の武具と――それを並べる一人の少女の姿があった。

浅黒い肌とオレンジ色の髪《かみ》、身長は低いが重心のしっかりした体格――あれは、地妖族《ドワーフ》か。そんな少女の姿を確認し、緋真は明るい調子で声を上げる。

「やっほー、フィノ」

「お？　姫《ひめ》ちゃん、おひさー」

「だから、その呼び方は止めてってば」

種族の特性ゆえか、身長は結構低いのだが、緋真とは同年代のようなやり取りを行っている。もしかしたらリアルでの知り合いなのかもしれないが……まあ、そこは突っ込むべきところではないか。

ひとしきり挨拶を交《か》わした地妖族《ドワーフ》の少女は、続いて俺の方へと視線を向け、緋真に対して質問していた。

「その人が、姫ちゃんの言ってた『先生』さん？」

「うん、そうだよ。この人が――」

「アバターの名はクオンだ。うちの弟子が世話になっている」

「はいはーい、あたしはフィノ、鍛冶屋をやってるよ。よろしくねー」

何とも軽い調子ではあるが、鍛冶屋という単語に対しては誇《ほこ》りと自負のような感情が見て取れる。

どうやら、遊び半分で鍛冶屋をやっているつもりはないようだ。

確かにゲームであるといえばそこまでなのだが、これだけ真摯《しんし》に向き合っている人間であれば期待できるかもしれない。

そんな俺の内心は知らず、フィノは俺の姿を見上げてにやりと笑《え》みを浮かべていた。

「姫ちゃんの先生だって言うなら、それはもう凄い実力なんでしょう」

「ええ、ゲーム開始直後に決闘に勝ったぐらいだもの」

「掲示板《けいじばん》で盛大なお祭りになってるよー。あいつも、一応はトッププレイヤーだからねぇ」

「それなりに実力はあるんだから、私に絡《から》まないでほしいんだけどね」

「まあそれはそれとしてー。お金、いっぱい貰《もら》ったんでしょ？」

どうやら、こいつは俺たちの用件を既《すで》に察していたらしい。生産職というのは、それだけ情報が重要になるということかね。

ともあれ、分かっているのならば話は早い。

「ああ、緋真の勧《すす》めで、お前さんから装備を購入したい。金はまあ、四十万ぐらいなら出せる」

「いきなり大盤振る舞《おおばんぶるま》いだねぇ、でも、先生さんのステータスじゃ、まだそのレベルの装備は持てないかなぁ」

「……そういや、ステータスで装備できるかどうかが決まるんだったか」

いくら何でも、最初からそう強い装備を身に纏えるという訳ではないか。

となると、まあ今の状態で装備できるものを適当に見繕《みつくろ》ってもらった方がいいだろう。

今の装備で戦えないという訳ではないのだが、どちらかといえば、好みなのはこの長さの刀ではない。

「防具はまあ、そうだな……胴と腰《こし》は適当でいいが、篭手《こて》と脛当《すねあ》てを頼《たの》みたい。武器は太刀《たち》と小太刀《こだち》を一振《ひとふ》りずつ頼む。今の俺でも装備できるものを見繕ってくれ」

「ほうほう……まあ、そういう和風な注文も結構あるから、一応取《と》り揃《そろ》えてるよー」

そう告げると、フィノは奥に並んでいる無数の装備類を物色し始める。

そうして、まず取り出したのは、二振りの刀だった。

「はい、初期ステで持てる限界は黒鉄《くろがね》装備だねぇ」

「見せて貰おう」

差し出された武器を受け取り、俺は検分を開始する。

太刀はおおよそ二尺五寸、太刀としてはよくあるサイズの一振りだ。

刀身に歪《ゆが》みもなく、無骨な黒みのかかる刀身は実戦で使うにも十分な鋭《するど》さを持っている。

ゲームのシステムで作り上げられたものとは言え、こんな少女が造り上げた物とはとても信じられないような代物《しろもの》だ。

　小太刀はおおよそ一尺六寸、こちらも太刀と同じく十分実戦に耐《た》えうる造りをしていた。

■《武器：刀》黒鉄の太刀
攻撃力：18
重量：8
耐久度：100%
付与効果：なし
製作者：フィノ

■《武器：刀》黒鉄の小太刀
攻撃力：10
重量：5
耐久度：100%
付与効果：なし
製作者：フィノ

正眼に構え、続いて上段、霞《かすみ》の構え、そして脇《わき》構え。

持ち慣れた刀よりも少々重く感じるが、使う分には問題ないだろう。少なくとも、あの可もなく不可もなくといった最初の刀とは比べ物にならない。

「見事だな。是非購入《ぜひこうにゅう》したい」

「お、おー……」

「……どうした？」

「い、いやぁ……構えた姿が凄く真に迫《せま》ってるっていうか、圧迫感《あっぱく》が凄いというか……全身含《ふく》めて刀って感じだねぇ、先生さん」

「真剣《しんけん》を持ってる時の先生ってそういう感じありますね……私も、初めて見た時はビックリしました」

「そんなもんかねぇ……ま、褒《ほ》め言葉《ことば》として受け取っておくか」

刀を持つからには、敵を斬る光景を――その様を思《おも》い描《えが》くのだが、それを圧迫感として感じ取っているのだろう。

先ほどのガキはそれすらも感じ取れなかったようだが……まあ、真剣さの度合いの差かね。

二振りの刀を鞘に収め、購入の代金を渡《わた》す。太刀は三万、小太刀は一万と、持っている総額からすればまだまだ少ない額だ。初期で装備できるものでは、その程度が限度ということだろう。

もう少し良い刀を見てみたい気もあったが、身《み》の丈《たけ》に合わぬ武器を持っても仕方ない。

「って言うか先生、二刀流までできるんですか？」

「全くできない、というわけではないが……二天一流なんて器用な真似《まね》はできんぞ？　小太刀は主に防御用だ。流水を使うのには、小回りの利《き》く小太刀の方がやりやすい時もあるからな」

「使い分けはできるんですね……本当に多芸なんですから」

まあ、扱《あつか》える武器の種類を論ずるなら、俺はジジイには圧倒的《あっとうてき》に負けているわけだが。

あのジジイは正に武芸百般《ひゃっぱん》を体現したような男だ。悔《くや》しいが、自分の土俵で戦わない限り俺に勝ち目はない。

俺もまだまだ精進《しょうじん》が足りない……のだが、敵のいない状況《じょうきょう》は如何《いかん》ともしがたい。早いところ強い敵と戦いたいものだ。新しい刀を持ったからか、どうにも体が疼《うず》いている。

そんな俺の様子を感じ取ったのか、フィノはすぐさま残りの装備を取り出してきた。

「はい、防具はこれで」

「篭手と脛当ては分かるが……着物と袴？　防御力はあるのか、これは？」

「糸が魔物《まもの》素材だから、防御力はそこそこ。軽くて頑丈《がんじょう》。まあ、打撃耐性《だげきたいせい》はないんだけど」

「足に絡まらんのか、これ」

「スカート装備でも何故《なぜ》か動きは制限されない。装備の方が足に合わせて動いているみたいな感じ。おかげでデザイン性を重視した装備が作れるって評判だよ」

俺は正直見た目はどうでもいいんだが……まあ、動きの邪魔《じゃま》にならないのならばそれでいい。

受け取ったのは、洋風の意匠《いしょう》が入った黒い着物と袴であった。古風な久遠《くどう》家でさえそうそう着ないような代物であるが、まあイメージには合っているのかもしれない。

■《防具：胴》森蜘蛛《もりぐも》糸の着物（黒）

防御力：11
魔法防御力：3
重量：3
耐久度：１００％
付与効果：なし

製作者：伊織《いおり》

■《防具：腰》森蜘蛛糸の袴（黒）
防御力：8
魔法防御力：1
重量：1
耐久度：100％
付与効果：なし
製作者：伊織

■《防具：頭》黒鉄の鉢金《はちがね》
防御力：4
魔法防御力：0
重量：1
耐久度：100％
付与効果：なし

製作者：伊織

■《防具：腕》黒鉄の篭手
防御力：7
魔法防御力：0
重量：3
耐久度：100%
付与効果：なし
製作者：フィノ

■《防具：足》黒鉄の脛当て
防御力：8
魔法防御力：1
重量：4
耐久度：100%
付与効果：なし

製作者：フィノ

着物と袴と鉢金の製作者については知らん名だが、恐らくあの中にいた誰《だれ》かなのだろう。とりあえず、今装備しているものよりも遥《はる》かにいい性能の品だ。動きも阻害《そがい》されん様子であるし、購入しておいて損はないだろう。

「うむ、値段は？」

「防具セットで八万でどうかな？」

「分かった。いい買い物をさせてもらった、感謝する」

「いえいえ、こちらこそー。装備の耐久度が減ったら、うちに持ってきてねぇ。姫ちゃんと同じ割引で直してあげるから」

「……それはありがたいが、いいのか？」

このプレクランに所属しており、緋真に装備を作っているということは、こいつも上位のプレイヤーだろう。

表に集まっていたプレイヤーたちのことを考えても、彼女は引く手数多《あまた》の存在であるはずだ。そんな彼女から贔屓《ひいき》にされるというのはかなり得ではあるが、何故そのような判断を下したのか。

疑問を抱《いだ》いた俺の問いに対し、フィノは緩《ゆる》く笑いながら声を上げた。

「刀ってねぇ、扱いの難しい武器なんだよ。攻撃力は高いけど、耐久の減りが早い。カッコイイからって使おうとするプレイヤーは多いけど、挫折《ざせつ》する奴《やつ》も多い。でも、先生さんなら上手く扱ってくれそうだしー、宣伝効果もありそうだからねぇ」

「成程《なるほど》。お前さんにも得がある提案だというなら、喜んで受けさせてもらおう。できれば、俺用にも刀を打って貰いたい所だ」

「勿論《もちろん》、そうさせてもらうよ。でも、とりあえず今のでも最前線で通じる性能だから、しばらくはお金ためてねー。あ、これあたしのフレアド」

そう言ってフィノが手元でメニューを操作した瞬間《しゅんかん》、俺の目の前にウィンドウが現れた。そこには、『【フィノ】からフレンド申請《しんせい》が送信されました。承認《しょうにん》しますか？　Ｙｅｓ／Ｎｏ』と表示されている。

ふむ、これは――

「緋真、フレンド申請って何だ？」

「あっ、しまった、一番乗りを！」

「おー、先生さんＭＭＯも初心者かー……フレンドは、仲のいいプレイヤーとアドレスを交換《こうかん》しているようなもの。交換しておけばいつでも連絡《れんらく》できるよー」

「ほー、成程、そういうもんか。じゃあ、承認だな」

「あー！　あー！」

何やら緋真が騒がしいが、気にせずウィンドウのＹｅｓを押下《おうか》する。

すると、すぐさまウィンドウが消滅《しょうめつ》し、勝手に開いたメニューのフレンドの項目《こうもく》に『Ｎｅｗ！』のアイコンが表示されていた。

開いてみると、確かにフィノの名前が記載《きさい》されている。どうやら、これで登録は完了したらしい。

「ありがとうな。装備について相談があったら連絡させて貰う。そっちも、頼みごとでもあれば呼んでくれ」

「あいさー、まいどどうもー」

何ともののんびりとした少女ではあるが、そこそこ面白《おもしろ》い性格をしている。何かあったら、頼《たよ》らせて貰うとしよう。

さて、それはともかくとして――

「緋真、フレンドを申請する場合はどう操作するんだ？」

「はっ、先生からの初申請がまだ残ってましたね！　はい、フレンドのメニューから登録のボタンを押《お》して、『周囲のプレイヤーを検索《けんさく》』を押してください！」

「……何でそんなテンション高いんだ、お前」

妙なノリになっている緋真に思わず引きつつも、言われた通りにメニューを操作する。するど、ウィンドウには周囲にいるプレイヤーの一覧が表示された。その中から、俺は迷わず緋真の名前を選択《せんたく》する。

それと同時にポップアップが表示され、フレンド申請をするかブラックリストに登録するかといった選択肢《せんたくし》が出現した。後者については若干気になったが、とりあえず緋真に対してフレンド申請を送信するとしよう。

すると、緋真の前にウィンドウが表示され——間髪《かんはつ》いれず、緋真は承認を実行する。

再び『Ｎｅｗ！』のアイコンが表示されたフレンド欄《らん》を見れば、そこにはきちんと緋真の名前が表示されていた。

「よし、ちゃんとできましたね。これでＯＫです！」

「お、おう……まあ、とりあえずこれで用は済んだな」

「まいどあり‼……あ、先生さんにこれサービス」

「お、何だ？」

そう言いながらフィノが差し出してきたのは、そこそこに大きいサイズのピッケルだった。これはクライミング用ではなく、採掘《さいくつ》用のピッケルだな。

「何か面白い鉱石があったら拾ってきてね。いいものだったらそれで刀を造るから」

「成程な。ちょうど良かった、これも一緒《いっしょ》に貰っていこう……じゃ、世話になったな」

「ふぅ……フィノ、ありがとね。また今度！」

「じゃあねー」

緩く手を振るフィノに返礼し、俺たちは天幕を後にする。

相変わらず周囲からは視線が集まってきていたが、気にせずに人ごみを躱して通りを進む。

「さて、装備も整えたことだし……今度こそ戦闘《せんとう》だな？」

「はい、今度こそ大丈夫《だいじょうぶ》です。それで先生、どこに行きますか？」

「敵が一番強いところだな」

「……ホント安定してますね、先生。それじゃあ、北に向かうとしましょうか」

嘆息《たんそく》交じりに、緋真は大通りの先を指差す。

街を囲う巨大な外壁《がいへき》、そこに聳《そび》える門の先――緑の草が生《お》い茂《しげ》る平原が、そこには広がっていた。

第五章　北の平原

「とりあえず、戦闘が始まる前にスキルについて説明しておきます」

「まだ何かあるのか……？」

「面倒《めんどう》くさそうな顔しないでくださいよ、もう」

フィノから買い取った装備を身に纏《まと》い、パーティを組んだ俺と緋真《ひさな》は街の北側にある草原へと足を踏み出《だ》した。

見渡《みわた》す限りの草原であるが、周囲にはそこそこプレイヤーの姿が見受けられる。

どうやら、目的は俺と同じく、この平原の敵との戦闘のようだが……ああも人が多いと邪魔だな。まあ、先まで行けば多少人も減るだろう。その間に、そのスキルの説明とやらを聞いておくとしよう。

「先生も知っていると思いますが、スキルにはいくつか種類があります。ウェポンスキル、マジックスキル、セットスキル、サブスキルですね」

「ああ、そこは作成時に説明を受けたな」

「スキルは、スキル枠《わく》がある分だけ装備することができます。スキル枠はウェポンとマジックで一つずつ、セットは初期だと五つ。今の先生の場合、効果を発揮できるスキルはこれだけです」

今の俺《おれ》の場合は、持っているスキルは全《すべ》て装備している状態だ。

だが、今後スキルを習得するとなると、スキル枠を増やすか、どれかを外してサブに回さねばならない、ということか。

「で、先生の場合ですが……《採掘《さいくつ》》のスキルって、今は使いませんよね？」

「そりゃそうだな」

「はい。なので一つ、有用なスキルを取ってもらって、そちらと入れ替えてもらおうかと思います」

「ほう。有用ってのは、一体どんなスキルだ？」

「スキル名は《識別《しきべつ》》です。スキルのメニューを開いて、スキル習得を選んでください」

言われた通りに、メニューを操作する。すると、キャラクター作成時に見たような、無数のスキルが並ぶ画面が目の前に表示された。

以前と違《ちが》う点は、上の方の欄に『現在ＳＰ：２』と表示されていることだろう。

「スキルの習得は、そのＳＰ……スキルポイントを消費して行います。検索欄《けんさくらん》で《識別》

を検索してみてください」

「……ふむ、出てきたな」

「初期スキルですからね。《識別》の取得ポイントは2なので、今の先生でも取得できるはずです」

緋真の言葉に従い、俺は《識別》のスキルを選択してみる。

すると、スキルの説明と共に、習得するか否《いな》かの選択肢が表示された。

■《識別》：補助・アクティブスキル
フォーカスした対象の情報を表示する。

対象となるのは人間、モンスター、アイテムなど。

対象のレベルよりもスキルレベルが低い場合、失敗することがある。


「成程、相手の情報を読み取るスキルか」

「相手の名前が分かるだけでも、色々と便利ですからね。もう一つ《鑑定《かんてい》》っていうスキルもあるんですけど、これは表示に時間がかかる代わりにより詳《くわ》しい情報を得られるスキルです。けど――」

「……まあ、俺の場合はそちらは使いづらいだろうな」

しばらく相手を注視しなければならないのは面倒くさい。ぱっと見て、ぱっと相手の情報を得られた方がいいだろう。

情報は貴重な力の一つだ。相手を見るだけで得られるならば、習得しておいて損はない。

小さく頷《うなず》き、俺は習得のボタンを押下した。

「習得できましたね。そうしたら、セットスキルの《採掘》を押して、《識別》と交換してください」

「……よし、できたぞ」

「OKです。それじゃあ、試《ため》しに私を《識別》してみてください。レベル差があるので、あまり見られないとは思いますが」

ふむ、使用感を確かめておくのは重要だろう。

頷き、俺は緋真を注視した。すると、彼女の横に、半透明《はんとうめい》の画面が浮《う》かび上がる。

■緋真
種別：人間族《ヒューマン》
レベル：？？？

状態：？？？
属性：？？？
戦闘位置：？？？

「見えたが、確かにあまり分からんな。属性ってのは何だ？」

「プレイヤーを見た場合は大体魔法《まほう》属性ですね。装備によって影響《えいきょう》されることもあるみたいですが。敵の場合は、その属性で相手の弱点属性を判断したりします」

「成程な……これはアイテムにも使えるんだったな」

「はい。なので、積極的に使うようにしてくださいね――と言っていたらほら、敵ですよ」

接近自体には気づいていたのだが、緋真の言葉を受けて前を向く。

視界を遮《さえぎ》るもののない草原故《ゆえ》に、その近づいてくる姿はすぐに判別できた。

あの姿は――

■ファングラビット
種別：動物・魔物《まもの》
レベル：2

状態：アクティブ
属性：なし
戦闘位置：地上

「何だ、ただの兎《うさぎ》か」

「油断しないでくださいよ、確かに兎ですけど、すばしっこいし的が小さいから──」

緋真がそう言っている間にも兎は俺の方へと向けて突進《とっしん》し、そのまま跳躍《ちょうやく》して俺へと突《とつ》撃《げき》してきていた。まあ、見えている以上どうということはないが。

半身になって躱しつつ、居合いの要領で俺は小太刀を抜《ぬ》き放ち、跳躍してきた兎の首を斬《き》り裂《さ》く。

その一瞬《いっしゅん》後、兎は俺の背後へとどさりと落下し──そのまま事切れた。

『レベルが上昇《じょうしょう》しました。ステータスポイントを割《わ》り振ってください』

『《刀》のスキルレベルが上昇しました』

『《死点撃《う》ち》のスキルレベルが上昇しました』

「兎程度でもレベル上がるんだな……で、ステータスだったか」

「普通《ふつう》に倒《たお》しましたね、初心者は結構苦戦するんですけど……ええと、フリードを倒した時の蓄積《ちくせき》経験値があるみたいですね。レベルって1ずつしか上がらないんですよ。オーバーした経験値がある場合、次に経験値を取得した時にレベルアップします」

「成程。それならしばらくはレベル上がりそうだな、と」

緋真の言葉に頷きつつ、ステータスの操作を完了《かんりょう》させる。成長の方針はもう決めてあるし、しばらく悩《なや》む必要はないだろう。

上がっていく数字に満足感を覚えつつも、俺は倒れた兎の姿を確認《かくにん》した。

血が流れる姿は実にリアルだが、これはグロ表現フィルターとやらを切ったせいだろう。

そう考えつつ兎の死体に触《ふ》れ――その瞬間、俺の目の前にウィンドウが表示された。

『【ファングラビット】を解体しますか？　Ｙｅｓ／Ｎｏ』

「解体？」

「魔物を倒すと、その魔物の素材を手に入れることができるんです。死体に触れて解体すると、アイテムが手に入りますよ」

「ほう。やってみよう」

緋真の言葉に頷きつつ、ウィンドウのＹｅｓを押下する。

すると、兎の死骸《しがい》は光の粒子《りゅうし》となって消え去り、先ほどのウィンドウに新たな文字が表示されていた。どうやら、手に入ったアイテムの説明らしい。

■《素材：食材》牙兎《きばうさぎ》の肉
ファングラビットの肉。

焼くと淡白《たんぱく》でさっぱりとした味わい。

■《素材：革《かわ》》牙兎の毛皮
ファングラビットの毛皮。

あまり大きくはないため防具には向かない。


手に入ったアイテムはインベントリに勝手に格納されるようだ。とりあえず、敵を倒したらこうして回収しておけばいいだろう。

アイテム欄を確認し、スキルの上昇なども一応確認してからメニューを閉じる。

しかし、スキルのレベルが偏《かたよ》るな。使っていないとレベルが上がらないのなら、とりあえず《強化魔法》も使っておくべきか。その方が《MP自動回復》も上がるだろうしな。

小さく頷き、俺は小太刀を収めた上で太刀を抜き放つ。確か、魔法を使う時は使う魔法を意識して、と――

「――【シャープエッジ】」

「魔法スキルのレベル上げですか。いいと思います、途切《とぎ》れたらかけておくといいですよ」

「ああ、そうするとしよう。さて、次行くぞ次」

オレンジ色の光を纏う太刀を片手に、俺は草原を進む。

先ほどの、街の門の近くに比べると、徐々《じょじょ》に人の数も減ってきている様子だ。そしてそれに伴《ともな》い、俺たちに対《たい》して襲《おそ》い掛《か》かる魔物も増え始めるだろう。

そんな期待に応《こた》えるかのように、次に現れたのは先ほどとは異なる魔物だった。

■ステップウルフ
種別：動物・魔物
レベル：3
状態：アクティブ
属性：なし
戦闘位置：地上

『《識別》のスキルレベルが上昇しました』

「ほう、狼《おおかみ》か」

「あー、初心者殺しの狼さんですか。気をつけてください。その大きさですけど、兎以上のスピードで攻撃《こうげき》してきますよ」

「イヌ科の動物ってのはそんなもんだろ」

緋真に対してそう返しつつ、俺は太刀を構える。

狼ってのは恐《おそ》ろしい動物だ。犬を飼っている人間なら分かるが、犬の走る速さは人間よりも遥かに速い。

体重もそれなりにあり、体当たりをしてくれれば、重心の安定しない人間ぐらいは軽く押し倒せることだろう。

マウントを取られればそれまで、喉笛《のどぶえ》を食い千切られて終了《しゅうりょう》だ。

それが、鼻先から尻《しり》まで体長一メートルはあろうかという狼ならば、さらに脅威《きょうい》であると言えるだろう。

無論――

『グルルルル……！』

「熊《くま》と殴《なぐ》り合《あ》いするよりは大分マシだな。刀もあるし」

「は？」

『ガァッ！』

緋真が俺の発言に対して疑問符《ぎもんふ》を浮かべるが、それに声を返すよりも早く、狼は俺へと襲い掛かっていた。

緑色がかった体毛を持つ狼は、草原の中で若干《じゃっかん》の保護色となりつつ、見事に四脚を駆動《くどう》して俺へと突撃してくる。

速い、が——現実の犬よりは若干遅い《じゃっかんおそ》。どうやら、ゲームということで遅《おそ》く設定されているようだ。若干の失望を覚えつつ、俺は脚《あし》を狙《ねら》って噛《か》み付《つ》こうとしてくる狼に対し、横薙《な》ぎに太刀を払《はら》った。

「しッ！」

『ガ——ガッ⁉』

噛み付こうとするほんの寸前での踏《ふ》み込み。

強く地を叩《たた》く踏み込みの衝撃《しょうげき》によって狼はほんの僅《わず》かに怯《ひる》み、その瞬間に、薙ぎ払った太刀によってその前脚を斬り払う。

そして、当然立つことができず倒れ込む狼の喉《のど》を、続いて振り下《お》ろした刃《は》で斬り裂く。

頭を潰《つぶ》しても良かったのだが、切っ先が傷《いた》む可能性があったからな。骨を貫《つらぬ》く突《つ》きはもう少し刀の性能を確かめてからの方がいいだろう。

『レベルが上昇しました。ステータスポイントを割り振ってください』

『《刀》のスキルレベルが上昇しました』

『《強化魔法》のスキルレベルが上昇しました』

『《死点撃ち》のスキルレベルが上昇しました』

「結構経験値くれてたんだな、あの素人《しろうと》も」

「まあ、分かってましたけど……しばらく援護《えんご》は要《い》らなさそうですね」

「まあな。自分に襲い掛かってきた相手だけ対処しとけ」

「分かってますよ」

嘆息交じりに頷く緋真に満足しつつ、俺は再び先へと進み始める。

しかし、あまり強い敵はいない様子だな。狼程度じゃ、群れで襲い掛かってくるぐらいじゃないと割に合わん。

そう考えるも、出てくる狼は多くて三体同時程度。緋真に襲い掛かった奴はすぐさま斬《き》り伏《ふ》せられてしまうため、あまり面白い戦いとはいえない。

どうしたモンかと考えつつ進んだ先で――俺たちは、幾人《いくにん》かのプレイヤーがたむろしている場面に遭遇《そうぐう》した。

第六章 フィールドボス

「あ、もうこの辺りまで来ちゃいましたか」

「何だ、あの集まりが何なのか知ってるのか？」

「ああ、はい。あの辺り、いくつか石の柱みたいなのが立ってるでしょう？　あそこから先はフィールドボスとの戦闘エリアです」

「ほほう」

　ボスということは、先ほどの奴よりも強い敵がいるということか。

　緋真《ひさな》の言う石の柱とは、ガードレールほどの高さの石柱が並んでいるあれだろう。その石柱の前では幾人かのプレイヤーがその前で立ち止まり、何かを待っている様子だった。

「で、そのフィールドボスの手前で、あいつらは何をしてるんだ？」

「同時にフィールドボスに挑《いど》めるのは一パーティだけですからね。順番待ちだと思いますけど」

　どうにも面倒な決まりがあるらしい。まあ、強い敵と戦えるならば、順番待ちすることもやぶさかではないが。

そう思いながら接近したところで、向こうもこちらに気づいたようだ。

最初に視線が合ったのは、弓を装備した男のプレイヤーか。そいつは俺に視線を向けた後、隣《となり》にいる緋真を見て、あんぐりと口を開いて硬直《こうちょく》した。

「んな……あ、あ、《緋《あか》の剣姫《けんき》》⁉」

「何⁉」

「嘘《うそ》、何でこんな所に⁉」

弓の男が叫《さけ》び声《ごえ》を上げた途端《とたん》、他の五人のプレイヤーもこちらへと視線を向け始める。

どうやら、トッププレイヤーと評判の緋真がこんな所にいることに驚《おどろ》いた様子であるが

──


「おい緋真。お前、今の仰々《ぎょうぎょう》しい呼び名は何だ？」

「……し、知りません」

「そういえば、さっきのあのフリードとかいうのも似たようなものを名乗ってたな。何だ、ああいうのが好きな年頃《としごろ》か？」

「ち、違いますから！　私が自分で名乗ってるわけじゃありませんから！　ま、前に行われたイベントで、上位入賞したら公式からそういう称号《しょうごう》スキルを貰《もら》ったんです！」

「称号スキル？」

「これですよ、これ！」

そう言って、緋真は己《おのれ》のメニューを操作すると、スキル欄にある一つのスキルを俺に対して表示させた。

……というか、称号スキルって何だ。俺のスキル欄にはこんな欄はないんだが。

■《緋の剣姫》
紅の髪《かみ》と緋き炎《ほのお》を纏う暁《あかつき》の剣士《けんし》。

彼女《かのじょ》に救われた人々は、緋の剣姫の名を謳《うた》う。

刀を利用した火属性の魔導戦技《マギカ・テクニカ》の威力《いりょく》が15％上昇する。


「お前、これは流石《さすが》に痛々しいんじゃゃ――――」

「だから、これは私が自分で言ってるわけじゃないですから！　でも強いから外せないですし……！」

「あー、分かった、分かったから。つーか、称号スキルって何だよ」

「称号を手に入れたら表示されるようになりますよ。ここまで効果のある称号はそうそうないですけど……」

つまり、この称号も含《ふく》めて上位入賞の賞品ということなのだろう。

俺にもこんな称号が付く可能性があるってことか？

正直、止めてほしいところなんだが……十年前ぐらいならまだしも、二十代も半ばになってこれというのは少々辛《つら》い。まあ、イベントで上位入賞するかどうかも分からんし、あまり気にしなくてもいいだろうが。

そんなことを考えているうちに、俺たちはフィールドボスの手前、他のプレイヤーが待機している場所まで辿《たど》り着《つ》いた。

待っているプレイヤーの数は六人。一般的《いっぱんてき》なフルメンバーのパーティのようだ。

「お、おう、まさか《緋の剣姫》が今更《いまさら》こんな所にいるとはな……」

「今日はこの人の付き添《そ》いですので。皆《みな》さんはフィールドボスの順番待ちですか？」

「いや、恥《は》ずかしながら一度撤退《てったい》してな。今は回復待ちだ」

そう言って、リーダーらしき大剣《たいけん》を背負った男は、空になったポーションのビンをぶらぶらと揺《ゆ》らす。

どうやら、こいつらもまだ初心者の領域を出ないプレイヤーのようだ。一部の装備だけではあるが、初心者装備を纏っている部分もある。

「回復したらまた挑むのですか？」

「いや、撤退のための回復だ。もうちょっとレベルアップして出直してくるよ。そちらは、ボス素材の収集かい？」

「いえ、私はあくまでもこのクオンさんの付き添いですから」

「……付き添いねぇ」

緋真の言葉に対して、リーダーをはじめとした幾人か——特に男四人が値踏《ねぶ》みするような視線を俺に向けてくる。さっきの反応からしても、緋真は随分《ずいぶん》と名が知《し》れ渡《わた》っている様子だし、関係性を疑っているんだろう。流石に、あのフリードのような奴はそうそういないだろうが。

そんなことをぼんやりと考えていたところ、袖口《そでぐち》を引っ張りながら緋真が抗議《こうぎ》の声を上げていた。

「ちょっと先生、私にばかり説明を任せないでくださいよ」

「いいだろう？　お前は人気者なんだ、手ぐらい振《ふ》ってやったらどうだ？」

「そういうのはいいですから！」

「あー……まあ、リアルの詮索《せんさく》をするつもりはないが、知り合いではあるみたいだな？」

「否定はしない。そんな所だ」

男の言葉に、俺は肩《かた》を竦《すく》めながら首肯《しゅこう》する。その言葉のおかげか、連中の視線の強さは幾分《いくぶん》か和《やわ》らいだ。

大方、俺がこいつのことを騙《だま》して利用しているとでも疑っていたのだろう。アイドルに男が近づいたら偏見《へんけん》の視線を向けてしまうというのは、まあイメージできないわけではないが。

しかし、それでもまだ疑念は晴れていないのか、杖《つえ》を持った魔法使《まほうつか》いらしき女が緋真に声をかけてきた。

「でも、緋真さん。知り合いだからって、あまり面倒を見すぎるのは良くないですよ。確かに、緋真さんのレベルならこの辺りは楽勝でしょうけど」

「あはは……それじゃあ、見てみます？」

「え？」

「……先生、どうせここまで来たら、ボスに挑むつもりなんでしょう？」

「ああ。雑魚《ざこ》ばかりなのもつまらんからな。あの柱の先に行けばいいのか？」

「はい。それじゃあ皆さん、お先に」

緋真が会釈《えしゃく》をする横を抜けて、俺はボスの領域へと歩き出す。

ここまで雑魚の魔物ばかりで、不完全燃焼《ねんしょう》もいいところだった。だが、流石にボスともなれば多少は骨のある敵が出現するだろう。

今度こそは楽しませて貰おうと、俺はボスのフィールドへと足を踏み入《い》れていた。

瞬間——

『オオオォォォ——————ン！』

響《ひび》き渡ったのは、狼の遠吠《とおぼ》え。そして、草原の中からにじみ出るように姿を現したのは、
五匹《ひき》のステップウルフ。

更《さら》に、その後ろに現れたのは——

■グレーターステップウルフ
種別：動物・魔物
レベル：8
状態：アクティブ
属性：なし
戦闘位置：地上

体高だけで一メートルは超《こ》える、後ろ足で立ち上がれば三メートルはありそうなほどの

巨大《きょだい》な狼。その図体《ずうたい》は、それだけでかなりの脅威となり得るだろう。

少しは骨のありそうな敵が出現したことに笑《え》みを浮かべながら、俺は即座《そくざ》に駆《か》け出す。

まずは、周囲にいる雑魚共を片付けねばなるまい。

「緋真、獣《けもの》との戦いについて、さっきから話していたことは聞いていたな」

「は、はい？」

相手が動くよりも先に、俺は右端《みぎはし》にいた狼へと肉薄《にくはく》した。狼は一瞬面食らったように動きを止め、それでも俺の攻撃を迎撃《げいげき》しようと飛び出そうとする。

だが――

「四足歩行の動物は、前に進むことは速くとも、後ろに進むのはあまり得意ではない。構造上の問題だな。つまり、こちらから距離《きょり》を詰《つ》めてやると、相手はやりづらいということだ」

一瞬の逡巡《しゅんじゅん》があればそれで十分。掬《すく》い上《あ》げるように放った一閃《いっせん》は狼の下顎《したあご》を斬り上げ、返す刃がその首を斬り落とす。

ただの狼の動きは既《すで》に慣れた。この程度ならば一呼吸あれば仕留めることができる。だが、その一呼吸であろうとも、他の狼は既に動き始めていた。

どうやら、あのでかい狼がいる場合、普段《ふだん》よりも行動に移るまでが速くなるらしい。まあ、そうでなきゃ面白《おもしろ》くないんだがな。

「次に、動物の攻撃ってのは一部を除いておおよそ直線的だ。こいつらの攻撃手段は爪《つめ》と牙《きば》と体当たり。爪についてもそこまで広い範囲《はんい》を攻撃できるわけではないから、槍《やり》による攻撃のようなものだと捉《とら》えろ」

突っ込んで体当たりを狙ってくる狼は横に躱《かわ》し、続けざまに襲い掛かってきたもう一匹の爪の一撃《いちげき》を篭手《こて》を使って受け流す。

体勢が十分ではなく、完全に威力を殺し切れはしなかったためか、若干ＨＰを削《けず》られるが、この程度ならば許容範囲内《はんいない》だ。

「最初に敵がいた位置と、自分が今いる位置を直線で結び、その直線から離《はな》れてやれば対処は容易《たやす》い――《収奪《しゅうだつ》の剣》」

ＨＰが減る機会というのも少ないので、せっかくだから例のスキルを使用する。その宣言の瞬間《しゅんかん》、俺の握《にぎ》る太刀《たち》は黒い靄《もや》のようなオーラを纏った。

そんな刀の変化を視界の端《はし》で察知しながら、俺は続けて噛み付こうと飛《と》び掛《かか》ってきていた狼に対し、上段から兜《かぶと》割りに刃を振り下ろす。

絶好のタイミングで放たれた剣閃は、目論見《もくろみ》どおりに切っ先を狼の脳天へと振り下ろし、その頭を真っ二つに叩き斬った。

これで二匹——ついでに、先ほど減らされたＨＰは全快していた。

そして、振りぬいた刃の勢いに乗って体を横へとずらし、そのまま回転によって遠心力のエネルギーを得つつ蹴《け》りを放てば、押《お》し倒そうと飛び掛ってきていた狼は勢いよく弾《はじ》き飛ばされていた。

「そして、複数の敵を同時に相手にする場合だが、最初は全ての敵を視界内に収めるように動くのが簡単だ。が、効率的に倒すことを考えるとそれを続けるのは難しい」

でかい狼を視線で牽制《けんせい》しながら、俺は残る三匹との接近戦を続ける。

少しでも離れれば、あのでかい狼は襲い掛かってくるだろう。だが、こいつらが傍《そば》にいる場合、奴《やつ》は部下を巻き込むことを恐れて攻撃がやりづらい状態になるようだ。

背後から襲いかかってきた狼を半身になって躱しつつ太刀を振り下ろし、その後ろ脚の腱《けん》を切断しながら、俺は言葉を続ける。

「だから、読むべきは相手の息遣《いきづか》い、足音、空気を切る音——聴覚《ちょうかく》を頼《たよ》りにするのが次に簡単な方法だ」

倒れ込んだ狼はひとまず放置し、後ろから俺の脚に噛み付こうとしていた一撃を足を振り上げて躱し、ついでにその頭へと踵《かかと》を振り下ろす。

せめて唸《うな》り声ぐらいは消しておかんと、あっさり気づかれるに決まってるだろうが。

「まあ、俺からすれば気配や殺気を読んだ方が分かりやすい。殺気は読めるようになって三流、殺気で攻撃を回避《かいひ》できるようになって二流、殺気によるフェイントに対処できるようになって一流だ」

頭を蹴られて動きの止まった狼は一度置き、先ほど蹴り飛ばした狼への対処へ戻《もど》る。

といっても、やることは変わらない。相変わらず直線的に突っ込んできた狼の攻撃を横に動いて回避しながらその首を斬り裂き、続く一閃で足元で呻《うめ》いていた狼の頭を落とし、最後に左手で小太刀《こだち》を抜き放ち――

「サブウェポンは持っておけ。小太刀はこういう風にも使える」

それをこちらへ向かってこようとしていたでかい狼の目へと投げつけながら、俺は太刀の切っ先を転がる狼の心臓へと突き立《た》てた。でかい狼は反射的に目を閉じて顔を傾《かたむ》けたため、小太刀が刺《さ》さることはなかったが、それだけ時間があれば十分だ。

瞳《ひとみ》への攻撃というものは、効果的だがどのような生物であれ本能的、反射的に対応してしまう。逆に言えば、反射的に反応をさせられるということだ。

今のタイミングなら一瞬でも時間を稼《かせ》げればそれで十分、転がっていた一匹を仕留めるのにはそれだけでよかったのだ。

「さて、残るはボスか」

『ウゥウ……！』

「っ、先生、こいつが咆哮《ほうこう》するとまた仲間が現れて――！」

でかい狼は息を吸い、遠吠えをしようと顎《あご》を上げる。

その、刹那《せつな》――俺の踏み込みによって、足元に転がる狼の死骸が吹《ふ》き飛んだ。

「――【シャープエッジ】」

歩法――烈震《れっしん》。

前に倒れるようにしながら自らの体重、そして刀の重さ全てを推進力へと変える歩法。

その勢いのまま、俺は霞《かすみ》の構えを保ちつつ狼へと直進した。

息を吸い終わり、巨大な咆哮が周囲へと放たれる――その、ほんの寸前。

「わざわざ喉笛を差し出すとは、舐《な》めてんのかお前は」

斬法――剛《ごう》の型、穿牙《せんが》。

前に進む推進力の全てを切っ先に集めた神速の突き。その一撃は、俺の狙いを外すことなく、狼の喉笛へと突き刺さっていた。

『ッ、……アッ！』

「おっと」

かなり硬《かた》い感触《かんしょく》ではあったが、一応喉は貫けた。だがそれ以上進むことはできず、俺はすぐに刀を抜いて後退する。

その一瞬後、俺の体を吹き飛ばさんといわんばかりに、爪の一撃が俺のいた場所を薙ぎ払っていた。

「硬い毛と皮だな。斬るのは難しいか」

まだ俺のステータスが低いというのもあるが、中々ダメージを与《あた》えづらい相手のようだ。

穿牙で喉を貫いてから引《ひ》き裂いてやろうと考えていたのだが、あのまま刀を払うのは不可能だった。となると、一撃で殺しきるようなダメージを与えるのは難しいのだが――

『――ァッ！』

「ま、どうとでもなる」

飛び掛ってくる狼。その図体がでかいため、先ほどの連中よりも大きく回避する必要があるが、やることは変わらない。

俺は右横へと回避しながら太刀を横向きに構え、その峰《みね》に左の篭手を押し当《あ》てる。

斬法――柔《じゅう》の型、筋裂《すじさき》。

横に躱しながら配置された切っ先は、狼が自ら飛び込んできたエネルギーを利用し、その毛並みと筋肉の筋に沿いながら体を斬り裂いていく。

赤い血を迸《ほとばし》らせながら着地する狼は、しかしそれでも戦意を曇《くも》らせることはない。

これなら斬れることは斬れるが、そのうち警戒《けいかい》して飛び掛ってこなくなるだろう。

「やっぱり、こっちから攻《せ》めるか――っと」

俺《おれ》が刃を降ろしているのを見てか、今度は今と同じのを受けることはないとばかりに、狼は再び突撃してくる。

上から押し潰そうというのか、高く跳躍した狼は、その爪を俺の頭へと向けて振り下ろそうとしていた。

まあ、わざわざでかい動きで攻撃してくれるというなら、それを利用するまでだが。

「四足歩行の連中の弱点は、まあ足だな。一本潰してやればそれだけで戦いやすくなる」

爪の一撃を前へと踏み込んで回避、そのまま落ちてくる狼の後ろ膝《ひざ》へと向けて、俺は拳《こぶし》を叩き込んだ。

打法――逆打《さかうち》。

本来であれば関節を逆にへし折る一撃だが、流石にこの大きさが相手となるとそこまでは難しい。だがまぁ、それでも膝の骨をへし折るぐらいは簡単だ。

後ろ足を潰され、機動力の大半を失った狼。それでも懸命《けんめい》に、俺へと殺意の篭《こも》った視線を向けてくるその姿に、俺は思わず笑みを浮かべていた。

「仲間を殺されたからか、群れの長としての矜持《きょうじ》か――嫌《きら》いじゃないぜ」

足を引きずりながらもこちらへと牙を向ける狼。その戦意に免《めん》じて、そろそろ終わりにしてやるとしよう。

俺に頭から噛み付こうとしてきたその牙を下に潜《もぐ》り込むようにして回避し、俺は左足で強く地面を踏みしめる。

打法――柱衝《ちゅうしょう》。

放つのは、股《また》を百八十度開脚《かいきゃく》するほどに高い打点を持つ蹴り。

地面から足先までを一直線に、まるで柱のようにして蹴り抜くことで、地面からのエネルギーを余すことなく蹴り足へと伝えることができる。

その一撃によって狼は大きく仰《の》け反《ぞ》り――体勢を戻した俺は、左手で構えた太刀を狼の首元にある傷へと突きつけた。

「――終《しま》いだ」

斬法――柔の型、射抜《いぬき》。

右手によって柄尻《つかじり》を打《う》ち据《す》えられた太刀は、一直線に狼の顎下からその体内へと潜り込み、一直線に狼の脳を破《は》壊《かい》する。

びくりと狼の巨体《きょたい》は痙攣《けいれん》し――そのまま、崩《くず》れ落《お》ちるように事切れた。

『レベルが上昇しました。ステータスポイントを割り振ってください』

『《刀》のスキルレベルが上昇しました』

『《強化魔法》のスキルレベルが上昇しました』

『《死点撃《う》ち》のスキルレベルが上昇しました』

『《収奪《しゅうだつ》の剣》のスキルレベルが上昇しました』

どうやら、しっかりと倒しきれたらしい。

倒れている魔物たちからドロップアイテムを回収しようとするが、なぜか魔物たちは俺が触れる前に光の粒子となって消え、その後俺の目の前にウィンドウが表示された。

『おめでとうございます！　フィールドボスに勝利したことで、次のエリアへの通行が可能になりました！　報酬《ほうしゅう》アイテムをインベントリに格納します』

「何か、ボス戦だと勝手が違《ちが》うんだな」

「ボスの場合は、解体じゃなくて参加パーティの全員に報酬が渡されますからね。まあ、貢献度《こうけんど》とかもあるので、今回は私には殆《ほとん》ど何も入ってないですけど」

これまで観戦していた緋真《ひさな》が、肩を竦めながらそう口にする。

確かに、緋真は今回、全く手は出さなかったからな。貢献度とやらも最低ラインだろうし、碌《ろく》なアイテムは手に入らなかったのだろう。

ふむ、しかし――

「確かに面白いな、こいつは」

「先生、何を？」

「ここの所、殺す気で業《ごう》を使う機会なんざ殆どなかったからな。使わなきゃ錆《さ》び付いちまう所だが……剛の型とか、お前使われたらヤバイだろ？」

「まあ、控《ひか》えめに言って死にますけど」

斬法、打法、歩法の三法から成り立つ我《わ》が久遠神通流《くどうじんつう》、その中でも最も攻撃的《こうげきてき》な斬法・剛の型。攻撃力《こうげきりょく》に関してはピカ一であるのだが、如何《いかん》せん竹刀《しない》でも相手を殺しかねないほどの威力がある。

防御《ぼうぎょ》のしっかりしている師範代《しはんだい》辺りならばある程度安心して放てるのだが、それでも本気で振るうには至らない。

俺が本気で斬りかかれたのは、最早ジジイだけになるかと思っていたのだが――ここならば、いくら本気を出そうが誰《だれ》も文句は言わないだろう。

「あ、先生。今の戦闘《せんとう》の様子を録画したんですけど、これを公開しても大丈夫《だいじょうぶ》ですか？」

「あ？　録画だ？　そんなことまでできるのか」

「提携《ていけい》している動画サイトだったら生放送までできますよ。まあ、生放送で見られるのはゲーム内だけですけど。と、それはともかく……たぶん、先生のこと、騒《さわ》ぎになってると思いますから。先生が強いってこと、動画を含めて説明しておきます」

「ふむ。よく分からんが、任せていいんだな？　じゃ、頼《たの》んでおくとするか」

「はい、お任せください」

何やら妙《みょう》に楽しげな様子の緋真には疑問を感じたものの、とりあえずは気にせずに頷《うなず》いておく。正直なところ、専門用語だらけで話されてもよく分からんとしか言えない。

まあとにかく、今はあまり気にしないでおくとして――

「で、この後はどうするんだ？」

「そうですね。先に進んでもいいんですが、先生もある程度レベル上がりましたし、一度戻っておきますか？　また装備を整えてもいいですし」

「今のところ不満はないんだが……まあ、まだあの街もしっかり見ていなかったしな」

今のところ、あの街は多くのプレイヤーの拠点《きょてん》となっている場所のはずだ。自分の足で歩いておかんと、どんなものがあるかも覚えられない。

そもそも、旅支度《たびじたく》なんぞ何もしていない内からここまで来ちまったし、一度戻って準備しておいた方がいいだろう。

「それじゃあ、戻りますか。あ、あと、こういうストーリー上倒《たお》さないと進めないようなボスを倒した場合、『スキルスロットチケット』を貰えますから、使っておいてください」

「おん？　スキル枠《わく》が増えるのか？」

「はい。まあ、貰えるのは初回だけですけどね」

まあ、そんな便利なアイテムを何度も貰えたら、それはそれで問題か。

緋真の言葉の通りにメニューを開き、インベントリに格納されていたスキルスロットチケットを使用する。

直後、システムメッセージで『スキルスロットが一つ増設されました』と表示され、自動的にスキルのメニューが表示された。

とりあえず、スキルポイントはそこそこ溜《た》まっていたが、今はほしいスキルもないため《採掘《さいくつ》》を入れておくことにするか。

そんな操作を行いながら石柱の向こう側へと戻ると、待っていた先ほどのパーティは、唖然《あぜん》とした表情で俺のことを見つめていた。

「おう、譲《ゆず》ってもらって悪かったな。詫《わ》びと言ってはなんだが、色々と講義しておいた。参考にするならしておけよ」

「あ、ああ……なあ、アンタ。その……リアルを詮索するのはマナー違《い》反《はん》だとは分かってるんだが……」

「はは、そう気にしすぎるなよ。俺はこいつの師だ。そう言えばまだ納得《なっとく》できるだろ？」

「あ、《緋《あか》の剣姫《けんき》》の師匠《ししょう》……」

既に随分と注目されている様子だし、今更目立たないようにしたところで意味はない。ならば、誤解されないように話を通しておいた方が手っ取り早いだろう。

リーダーらしき男も、俺の言葉に驚きはしたものの、どこか納得した表情で頷いている。どうやら、それだけで強さを納得させられるほど、緋真の名前は売れているようだ。

「お前、随分と有名だな」

「ま、まあ、イベントで上位入賞したこともありますし」

「……ま、リアルでの訓練を疎《おろそ》かにしないなら別にいいんだがな。さて、それじゃあ俺らはここで失礼する。健闘《けんとう》を祈《いの》ってるぞ」

まあ、何はともあれ、ここでの用事は済んだわけだ。

待っていたパーティの連中にそう告げると、リーダーは軽く笑みを浮《う》かべて応《こた》えていた。

「ああ、ありがとう。参考に……いや、中盤《ちゅうばん》辺りから殆ど参考にはならなかったが、できるだけ参考にさせてもらうよ」

「んん？　ああ、初心者に殺気を読むのは流石に難しかったか」

「……先生、そんなの私でも結構失敗しますからね」

半眼で見つめてくる緋真の言葉に、俺は首を傾《かし》げつつもパーティ連中に手を振って踵《きびす》を返す。そのまま俺と緋真は、襲《おそ》ってくる敵を片《かた》っ端《ぱし》から片付けつつ、最初の街である『ファウスカッツェ』へと帰還の途《と》に就《つ》いた。

――先ほどのボスでまた経験値を溜めたせいか、最終的にレベルは8まで上昇《じょうしょう》していたが。

＊　＊　＊　＊　＊

「ふむ……やはり、あのボスに比べると、ただの狼は物足りないな。兎《うさぎ》は言うまでもないが」

「そりゃまあ、ボスとは比べるべくもないですけど……あら？」

街に到着《とうちゃく》し、先ほど出ていった門から戻ってきた直後、突如《とつじょ》として虚空《こくう》を見上げた緋真に、俺は首を傾げつつ問いかけた。

「どうした？　何かあったのか？」

「あー、はい……その、リアルの方からのメールの転送です。済みません、用事ができてしまったみたいです」

「そうか。ま、とりあえず一通りは説明して貰ったからな。街の中については、とりあえず自分で歩き回ってみるさ」

「ごめんなさい。せっかく誘《さそ》ったのに、放置する形になってしまって……あ、ログアウトのやり方は分かりますよね？」

「流石に、メニューに書いてあったからな。そこまで心配は要らん」

まあ、こちとらまだしばらくは時間的余裕《よゆう》があるし、ゲームは続行するつもりなのだが。

何でも、このゲームの中では、時間が三倍の速度で流れているらしい。こちらに三時間いたとしても、現実世界では一時間しか経過していないわけだ。

短い時間でも実戦に割り当てられるのは、俺としても嬉《うれ》しい限りである。

「それじゃあ、済みません、お先に失礼します。あ、掲示板《けいじばん》には私から説明しときますから！」

「あ？　おい、ちょっと待――」

待て、と告げようとした所だったが、生憎《あいにく》と緋真の姿は薄《うす》れて消えた直後。恐《おそ》らくはその際の音に紛《まぎ》れて、俺の声は届かなかっただろう。

思わず持ち上げていた手を手持《ても》ち無沙汰《ぶさた》に下げて、俺は嘆息《たんそく》を零《こぼ》す。

「掲示板に説明って、どういうことだ……仕方ない、後で聞くか」

まあ、リアルだろうがこっちでだろうが、いくらでも聞く機会はあるだろう。

何か企《たくら》んでいる様子ではあったが……流石に、俺に不利益なことはしない筈《はず》だ。もしもそうなったら、明日きつめにしごいてやればいい話だしな。

さて、しかしだ――

（緋真がいなくなった途端にこの状態か）

周囲から、俺に対《たい》する視線が集まってきている。

緋真がいた時も向かってくる視線はあったのだが、半分ぐらいは緋真に対する視線だった。

だが、今はその分も俺に対して向けられているようだ。今まではあいつが抑止力《よくしりょく》になっていた、というわけか。目立つのは仕方ないにしても、少々面倒《めんどう》だ。

だがまぁ、そのせいで表を歩けないというのも癪《しゃく》だ。とっとと目的地まで行ってしまうとしよう。

「なあ、アンタ――っ⁉」

こちらへと声をかけるために接近してくる奴が一人。戦力として誘おうというのか、それとも緋真との繋《つな》がりを作ろうというのか。

まあどちらにせよ、足の運びだけで素人《しろうと》だと知れる。敵だろうが味方だろうが、今はそんな奴の相手をするだけ時間の無駄《むだ》だ。

そう判断した俺は、近づいてくる男の視界からするりと死角へ潜り込んだ。

戦闘時のように狭《せま》い視野になっているわけではないため、完全に視界から外れるということは難しいが、今はそれなりに人通りも多い状況《じょうきょう》だ。一瞬《いっしゅん》でも視界から外れてしまえば、雑踏《ざっとう》の中に潜り込むことはそう難しくはない。

（まあ、何度もやられるとそれはそれで面倒なんだが）

己の気配を可能な限り薄くして、雑踏の中に身を紛れさせる。

有名になってはいるが、基本的に緋真とセットだ。まだ顔もそれほど知れ渡っていないだろうし、気配を殺せば容易《たやす》く視界から外れられるだろう。

普段はこういう、暗殺者じみた行動はしないので、それほど得意というわけではない。

が、戦闘時に相手の視界から外れた時などは、これと殺気によるフェイントを併用《へいよう》するとそこそこ効果的であるため、一応は習得しているのだ。

こちらに視線を向けてくるものがあれば、その視線から隠《かく》れるように人陰《ひとかげ》へと消える。たとえ人の多い雑踏であろうと、その隙間《すきま》を縫《ぬ》うことは、動体観察を鍛《きた》えた俺には児戯《じぎ》に等しい。

そうして人ごみに紛れて進んだ先で、俺はさっさと、先ほど訪《おとず》れた天幕の中へと逃《に》げ込んだのだった。

「ったく、面倒な……」

「おー、先生さん。もう戻ってきたの？」

「ん、フィノか」

目ざとく俺の姿を見つけたフィノが、運んでいた武器類を棚《たな》に置いて近づいてくる。その姿に肩を竦め、俺は思わず苦笑《くしょう》を零した。

「緋真の奴が用事だったんでな。人目を避《さ》けてここまで来たわけだ」

「随分目立ってるね、先生さん。草原のボス倒したんでしょ？」

「流石《さすが》、耳が早いな。色々とアイテムが出たが、ここで売っても大丈夫か」

「うん、問題ない。かんちゃーん」

「はいよー。あと、その呼び方止めろっての」

フィノの呼びかけに応えたのは、あのエレノアというここのリーダーの傍で話をしていた男性プレイヤーだ。

黒い髪に、小さめの眼鏡をかけた優男《やさおとこ》だが、その繊細《せんさい》そうな見た目にそぐわぬ粗暴《そぼう》な口調の男だ。だが、不思議と悪い印象は受けない。どこか子供っぽさの残る仕草をしているせいだろう――尤《もつと》も、それは演技の内なのだろうが。

相手を油断させる術に長《た》けているのは、中々見所があると言えるだろう。

「はいはいっと……ああ、アンタはあの剣姫のお師匠さんって人か。俺は勘兵衛《かんべえ》だ、よろしくな」

「ご存知《ぞんじ》の通り、クオンだ。あんたが精算をしてくれる人ってことでいいのかな？」

「ああ、うちの会計担当だよ。それで、グレーターステップウルフの素材の精算だろう？」

「そうだな。ええと……アイテムを選んで交換《こうかん》、だったか」

メニューからアイテムの一覧を選び、相手との交換のウィンドウを開く。

俺はアイテムを、そして勘兵衛は金を出して、両者が納得すれば交換のボタンを押す。

ちなみに、両者が納得している場合は交換ではなく一方的な譲渡《じょうと》もできるそうだ。

「……何か妙に多いな。アンタがほとんど一人で倒したってのは本当なのか」

「あのでかい狼《おおかみ》か？　周りの取り巻きも含めて一人で片付けたが」

「マジかよ……そりゃ面白い。精算するから、ちょっと待ってくれ」

口元をにやりと歪《ゆが》めた勘兵衛は、手に持っていた帳簿《ちょうぼ》で計算を始める。そこそこ素材の数は多かったし、多少時間は掛《か》かるだろう。

少し時間を持て余した俺は、近くで茫洋《ぼうよう》とした視線を俺たちへと向けていたフィノに声をかけた。

「なあフィノ、今はレベル８まで上がったんだが、装備の新調はできるか？」

「んー、ＳＴＲはいくつまで上がった？」

「14だな」

「それなら、16まで上げれば鋼装備も装備できるようになるよ。今より二段階上で、現在の最高ランク。防具は重いの装備できなくなるけど」

「それは構わんさ。どうせ、防具は鎧《よろい》をつけるつもりもなかったからな」

今日動いてみたが、とりあえずこういう布系の装備が性に合っていることが分かった。今後もこの方向性で行くのであれば、防具の重さはそれほど気にしなくてもいいだろう。

一応、金属の篭手などの重さはあるにはあるのだが、部位が小さいだけにそれほど重いというわけではない。

「そうか……ああそうだ、後、着物の上から羽織のようなものは装備できんのか？」

「アクセサリの二枠のうちの一枠を使えば装備できる。ただ、在庫がないから取り寄せ」

「あまり需要《じゆよう》はないのか？」

「まあ、軽防具なら、そこで防具を増やすよりはチャームとか使って耐性《たいせい》上げたりするのが一般的。いおりんに依頼《いらい》すれば持ってきてくれると思うけど……今クエスト中だから、ちょっと時間が掛かる」

「それなら、何処《どこ》かしらで時間でも潰《つぶ》しておくかね……」

いおりん、とやらはこの着物などの製作者である伊織《いおり》というプレイヤーだろう。同じ製作者だというのなら、十分に期待はできるはずだ。

多少楽しみにしつつも、俺はどうやって時間を潰すかを考える。周囲の連中は面倒だが、ここでいつまでも隠れているのもつまらない。

適当に街をぶらつくか——と、そう考えていたその時、何かを思いついたようにフィノが視線を上げていた。

「それなら、先生さんが興味ありそうなところがあるよ」

「ほう、それは何処だ？」

「街の南地区、剣術《けんじゆつ》の道場が二つある。たのもーって言いながら入ると、歓迎《かんげい》してくれるって」

「歓迎ねぇ」

そりゃまた、面白い歓迎になりそうだ。

わざと言っているのか天然なのかは知らないが、せっかくだから参考にしてみるとしようか。内心でそう考えながら、俺はこの後の予定を決定するのだった。

【2ボス】MT雑談スレPart.78[sage進行]【攻略マダー？】

001：黒芝
ここはMTに関する雑談スレです。
まったり進行＆sage推奨。
次スレは>>950踏んだ人にお願いします。

前スレ
【2ボス】MT雑談スレPart.77[sage進行]【強すぎ】

====================（略）====================

326：エルフィン
まだ2ボス倒せてねーのかよ

327：えりりん
狼まだ倒せてない俺、低みの見物

328：蘇芳
>>326
エアプかな？

329：ruru
剣姫がガチパ組んで負けた相手とか、
そもそも適当に挑んで勝てる相手じゃありませんですしおすし

330：ミック
到着直後の長蛇の列が嘘のようだな
すっかり過疎ってるわ
流石にギミックあるとは思うんだがねぇ

331：(´・ω・`)
(´・ω・`)はまじ

332：えりりん
出荷

333：ruru
>>331
出荷よー

334：サージェス
お前ら反応早すぎwwwwwww

だが豚は出荷慈悲は無い

335：(´・ω・`)
(´・ω・`)そんなー

336：ruru
それより、最近剣姫とストーカー見かけないんだけど、
どこいったのかね？
あいつらいないと低い確率が更に低くなるんだけど

337：えりりん
剣姫ならファウスカッツェで見たけど
っていうか今見てるけど
ストーカーも一緒だし

338：シュレン
あんにゃろう、緋真さんに迷惑かけるなと言っているのに……
ちょっと強制連行してくるか

339：蘇芳
>>337
剣姫が今更ファウスカッツェ？

340：ミック
>>338
保護者乙

341：えりりん
別に、装備の新調に戻ってくることもあるんだし、不思議はないかと

342：シュレン
まあ、設備が整ってるのは明らかにファウスカッツェだからなぁ

343：蘇芳
剣姫は最近装備を整えたばっかりだったと思ったんだが

345：えりりん
【速報】剣影が袖にされる

346：ミック
いつものことじゃねーか

347：えりりん
【秘法】剣姫が初心者男性プレイヤーと仲良くしてる

348：シュレン
あの馬鹿は……

349：蘇芳
>>347
ファッ

350：ruru
王、同様で誤字ってるぞ

351：えりりん
ブーメランって知ってる？

なんか、剣姫さん、完全な初心者装備のプレイヤーと仲よさそう
あんな子供っぽい感じの剣姫さん初めて見たんだけど

352：ミック
相手誰だ？
って、初心者なのか。。。じゃあリアフレかね

353：蘇芳
さすがに直接事情を聞くわけにもいかんけど、
案内目的でファウスカッツェに戻ってたのか

354：ジーン
剣姫のリアフレなら剣姫と同じくリアルチート勢である可能性

355：蘇芳
>>354
そ　れ　だ

356：えりりん
【速報】剣影が剣姫の知り合いっぽい初心者に決闘を挑む

357：シュレン
あの馬鹿野郎がああああああああああ

358：蘇芳
>>357
保護者乙、マジ乙

359：きーま
あいつも剣姫がいないとこならマトモなプレイヤーなんだがなぁ
だがストーカー

初心者に決闘とか、あいつプライドとかそういうのないのか

360：えりりん
【速報】剣影、

361：えりりん
みす

362：蘇芳
>>360

おう、どうした、落ち着け

363：えりりん
【s区報】剣影、決闘で負ける

364：サージェス
ファ－－－－－－－－－－－－－wwwwwwwwwwwwwwwwwwwwwww

365：きーま
ファッ!?

366：ミック
エエエエェェェェ(´Д`)ェェェェエエエエ

367：ruru
盛 り 上 が っ て ま い り ま し た

368：蘇芳
>>363
マジで何があった？
本当に初心者なのか、それ？

369：えりりん
ごめん、色々ミスった
でも、《識別》した結果も確かに初心者だったわ
レベル１だったし

370：デカール
ストーカーざまぁｗｗｗｗｗｗｗｗｗｗｗｗｗｗｗ

371：(´・ω・｀)
(´・ω・｀)初心者装備でも
(´・ω・｀)急所を狙えば勝てるのよ

372：シュレン
（顔を手で覆う）

373：えりりん
>>371
まさにそれ、剣姫さんが使うあの受け流しで攻撃を捌いた後に首を一撃
一瞬何が起こったのかわからなかったわ
でも出荷よー

374：ジーン
保護者がんばれｗ
けど、マジでリアルチート勢か

言ってみるもんだな

375：(´・ω・｀)
(´・ω・｀)そんなー

【2ボス】戦闘動画まとめ８本目【マジキチ】

001：安曇
ここは、MT内で撮影した戦闘シーンを公開するスレです
派手な戦闘シーン、敵の動きの観察、スキルの考察など、
戦闘に関する動画を何でも公開できます

次スレは>>970でお願いします

前スレ
【聖剣騎士】戦闘動画まとめ７本目【テライケメン】

=====================（略）=====================

465：ミリム
結局、あの初心者プレイヤーの技はスキルじゃないってこと？

466：グウィン
>>465
少なくともアクティブスキルは発動してないな
《回避》、《パリィ》、《ブロック》のどれを使ったとしても、
必ずスキル発動時のエフェクトが出る

467：１２３
>>465
動きは《緋の剣姫》が使ってる受け流し技と同じだったしな
あの人、自前で捌けるからって回避系スキルは取ってないし

468：雲母水母
ステータス負けしててもあそこまで綺麗に捌けるものなのかなぁ
未知のパッシブ系スキルと言われた方がまだ納得できる

469：緋真
何だか既に色々と騒ぎになっていると思うので、
動画晒しついでに宣言しておきます。

あのクオンというプレイヤーは、私のリアル師匠です。
私が十回に一回しか成功させられないような技を
さくさく使ってくるような超人です。

あの決闘については、正直私が戦っていても同じ結果になってたかも……

470：栗林
>>469
剣姫様キタ――――――(゜∀゜)―――――― !!!!!

471：１２３
>>469
うっす！
いつも華麗な戦闘動画楽しませてもらってます！
しかしリアル師匠とか、マジか……

472：緋真
というわけで、草原ボスの戦闘動画です。
ちなみに、この戦闘開始時点で先生のレベルは５でした。

[動画ファイル]

なお、先生は私より弱い人と組む気はさらさらないようです。

473：トーア
>>472
剣姫様個人だと最強のプレイヤーなのにｗｗｗｗｗ
実質ソロじゃないですかヤダー

474：栗林
（動画視聴中）
何この、何？

475：グウィン
後ろに目でも付いてるのかこの人……

476：雲母水母
>>475
殺気を読めって言ってるじゃろ（白目）

477：しーてる
剣姫がＰＴ組んでるおかげで戦闘ログがきちんと表示されてるのは助かる
だが、殆どログにスキル発動インフォ出てこないことに困惑を禁じえない
っていうか《収奪の剣》って何？

478：緋真
>>477
作成時にランダムにしたら出たスキルだそうです。
簡単に言うとＨＰ吸収攻撃ですね。
他は自動回復系やら《死点撃ち》やら、
MT史上稀に見るレベルのゴミスキルの塊でした。

479：トーア

>>478

師匠ｗｗｗｗｗｗｗｗｗｗｗｗｗｗｗｗｗｗ

つまりこれ、殆ど独力ってことじゃねーかよ……

480：１２３

あの狼ってレベル５ソロで倒せる相手なのかよ

481：グウィン

>>480

普通に考えて無理

というか、剣姫が組んでるせいで平均レベル上がって、

出現したボスも最高レベルクラスの状態だぞ

482：緋真

ボスへ向かっていった時のダッシュと、その後の突きとかは、

まあ私でも一応できるんですけど……

最後の蹴りと突きは無理ですね。

突きの方に至っては、あれもっと短い刀で使う技なんですけど、

何で太刀なんかで当たり前のように使ってるんですかね……

私、あれもできるようになれと言われるのだろうか。

483：ミリム

>>482

貴方普段超人て言われる側ですよね

【公式】二つ名持ちプレイヤーについて語るスレPart.3【晒し上げ】

001：タンナー
　ここは、二つ名を持つ有名プレイヤーたちについてぐだぐだと駄弁るスレです。
　二つ名の種類については>>002を参照してください。
　次スレは>>980

前スレ
【緋の剣姫】二つ名持ちプレイヤーについて語るスレPart.2【聖剣騎士】

002：タンナー
　二つ名の種類について

　①：公式二つ名
　公式イベントに上位入賞した際、賞品として授与される
　称号スキルのこと。
　別名、公式晒し上げ。

　例
　《緋の剣姫》緋真
　ＭＴプレイヤーで知らない奴がいたらモグリとすら言われる、
　ご存知個人最強プレイヤー。
　β終了記念に開催されたイベントにて上位入賞を果たした人。
　見た目と実力を兼ね備えたＭＴのアイドル的存在。

　《聖剣騎士》アルトリウス

剣姫が個人での最強ならば、彼は集団での最強。
クラン結成予定のメンバーを率いた集団戦が得意。
一番最初に狼を討伐したのも彼ら。
βイベントにて第1位の成績を残し、
二つ名称号と成長武器『聖剣コールブランド』を手に入れた。
身も心も全てが嫉妬すら感じないレベルのイケメン。

003：タンナー

②：ユニーク称号二つ名
システム上、最初に達成したものだけに与えられる系の
ユニーク称号を有しているプレイヤーに対して、
その称号そのものが二つ名になったもの。

例
《始まりの調教師》シェパード
正式リリース後、一番初めに魔物のテイムに成功したプレイヤー。
羊飼いスタイルの放牧民的な外見を好み、
周りには常にテイムした魔物を連れている。
パーティは全てテイムモンスターの変則ソロプレイヤー。

004：タンナー

③：周りからのあだ名系二つ名
独特なプレイスタイルから、
周囲のプレイヤーたちにあだ名を付けられたプレイヤーのこと。
そのため、独自の称号スキルを持っているわけではない。

例
《商会長》エレノア

生産職のプレクランを率いる女傑。
物流を一手に制御しながらもきちんと自分のレベルも上げられる、
完璧なまでの時間管理能力に定評がある。
聖騎士とはまた違ったカリスマの持ち主。

④：自分で名乗ってる系二つ名
ただの中二病

======================（略）======================

175：オイゲン
あの剣姫の師匠は絶対二つ名付くだろうなぁ
って言うか、現状でも俺ら『師匠』って呼んでるしな

176：フェトル
あれだけ実力があるなら、イベントでの二つ名取得の可能性も

177：スウゴ
>>176
あながちないとは言い切れないのがな
あの剣姫が自分で勝てないとか言ってたらしいし

178：三倍段
動画を見たが、恐ろしい実力だぞあの人

剣影を一蹴した時の動画も目を疑ったが、
狼戦は言葉が出なかったわ
あれは殆どリアルスキルだろうし

179：SWMk2
まあ、とりあえず師匠と呼んでおく
今のうちに固定で決めちゃうと、
本当に二つ名取得した時に呼びづらいしな

180：もやし
もう皆取れる前提なことにワロタ

第八章　街の道場

「南地区って言うと……この辺りか」

　気配を殺し、視線を集めぬようにしながら街を出歩いていた俺は、人通りの少ない南地区へと足を踏《ふ》み入《い》れた。

　この辺りは店舗《てんぽ》の類《たぐい》がないためか、街の南側のフィールドへと向かう連中以外は殆ど人通りがない。そして俺に注目しているような連中は、敵の強い北側に集中しているため、この場ではあまり目立つことはないようだ。

　とは言っても皆無《かいむ》ではないだろうから、気配を消すことは継続《けいぞく》するが。

「さて、道場だったか……この西洋風の世界観で道場ってのもどうなんだかな」

　向こうの方はよく分からんが、道場という形式はあまり聞かない気がする。

　私塾《しじゅく》か、或《ある》いはもっと閉じた師弟《してい》関係を構築するのか――まあ、現実世界ではないのだから、その辺を気にしすぎても仕方ないのだが。

　ともあれ、道場と言うからには、その辺の家よりは多少大きな建物になるだろう。

そう考えた俺は大きめの建物を中心に周囲を探索《たんさく》し――発見したのは、二軒《けん》の建物だった。

「……通りを挟《はさ》んで向かいに建ってるって、それはどうなんだ流石《さすが》に」

何処《どこ》からどう見ても互《たが》いを意識していることがバレバレの立地である。

しかも、建物の形まで丸っきり一緒《いっしょ》だ。慣れないうちはどちらがどちらだか分からなくなりそうなものである。

まあ、別に両方訪《たず》ねるつもりだったから、どちらでも構いはしないのだが。

（深入りしたら妙《みょう》なことになりそうな感じだな。縄張《なわば》り争いってのは何処にもあるもんだし）

これが現実世界の久遠家《ウチ》の場合、かなり昔から幅《はば》を利《き》かせていたおかげか、周囲には道場が建つようなことはない。

稀に道場破りが来ることもあるのだが、そういった連中は丁重《ていちょう》に歓迎《かんげい》するだけだ。

まあ、俺が出る前に大抵《たいてい》門下生の段階で終わらせてしまうのだが。

「その点、こっちの道場はどんなモンかね、と」

ファンタジー世界の剣術《けんじゅつ》道場、日常的に敵と戦うことのできるこの世界では、果たしてどれほどの実力者がいるものなのか。

多少の期待を胸に秘《ひ》めつつ、俺は右手側にある道場へと足を踏み入れた。

このゲーム内では珍《めずら》しい横開きの扉《とびら》を開きつつ、聞こえてくる床板《ゆかいた》を擦《す》る音に口元を歪《ゆが》ませながら、強く響《ひび》き渡《わた》る勢いで声を上げる。

「たのもー！」

その瞬間《しゅんかん》――響いていた足音は、まるで水を打ったようにぴたりと止《と》まった。気にせずそのまま中へと足を踏み入れていけば、途端《とたん》に慌《あわただ》しく中の気配が動き回り始める。

どうやら期待通りの展開になりそうだ、と口元に笑《え》みを浮《う》かべながら、俺はその気配の方向へと足を進める。

板張りの廊下《ろうか》を進み、扉を開いた先にあったのは、広い体育館のような空間。木剣《ぼっけん》を持った少年から大人までが並み居るその空間にて、一際《ひときわ》異彩《いさい》を放つ気配が一人。

「……ほう」

口元の笑みは消せぬまま、俺は僅《わず》かに視線を細める。

泰然自若《たいぜんじじゃく》とした気配。短い金色の髪《かみ》に、鍛《きた》え上《あ》げられた大柄《おおがら》な肉体。何より、生命力に溢《あふ》れるその姿は、紛《まぎ》れもなく厳しい鍛錬《たんれん》を積んできた証《あかし》であった。

さて、ジジイほどの脅威《きょうい》を感じるわけではないが、あそこにいるのは紛れもない実力者。戦いの欲求を満たすには、申し分ない相手だろう。

「くそっ、また道場破りか！」

「懲《こ》りない連中だな、異邦人《いほうじん》は！　止まれ、俺が相手だ！」

奥《おく》にいる男へと歩いて進もうとしたところで、目の前に一人の青年が立ちはだかる。

木剣を構えながらこちらへと向かってくるその姿は、成程《なるほど》確かに様にはなっているだろう。門下生でこれだけ鍛えているのならば、その上はさらに期待できるというものだ。

が——

斬法——柔《じゅう》の型、流水《りゅうすい》・無刀《むとう》。

——生憎《あいにく》と、うちの門下生とそう大差ない実力であるとも言える。

振《ふ》り下《お》ろされた木剣を篭手《こて》の甲《こう》で流しつつ、そのまま装甲《そうこう》で刀身を滑《すべ》らせて相手の手首を掴《つか》み取《と》る。

捕《つか》まえた腕《うで》は放さず、こちら側へと引き込むように引っ張り——

「邪魔《じゃま》だ。ああ、これは借りるぞ」

「な——ごふっ⁉」

打法——流転《るてん》。

足を払《はら》い、そのまま相手の体を空中で一回転させ、背中から床《ゆか》に叩《たた》きつける。

本来ならば頭から地面に叩き落《お》とす技であるが、さすがに殺すわけにはいかない。あくまでも、これは試合なのだから。だからこそ、こうして木剣を奪《うば》い取ったわけだしな。

さて、俺の手に武器が渡ったことで、周囲には更《さら》なる緊張《きんちょう》が走る。

とは言え、腰《こし》の刀を抜《ぬ》かなかっただけ、安堵《あんど》している連中もいる様子ではあるが。尤《もっと》も、俺にとっては、木剣だろうが刀だろうが、一撃で相手を殺せる武器に変わりはない。

安全性は僅かに増した、といった程度のところだろう。

「なっ⁉　くそっ、止まれ！」

「こいつを止めろ、ガレオス先生の所に行かせるな！」

両側から襲《おそ》い掛《か》かってくる門下生共。

だが、うちの師《し》範代《はんだい》連中に比べれば未熟もいいところだ。俺は歩調を変えぬまま進みつつ、手にした木剣で両側の攻撃を打《う》ち払い、僅かに軌道《きどう》を変えて回避した。

そのまま、俺の前に体を晒した一人は背中を打ち据《す》えて地面へと叩きつけ、続いて後ろから来た攻撃を半身になって回避する。

突き出《だ》されてきた木剣は左手で掴み取り、軽く引くことで一瞬《いっしゅん》の引っ張り合いを起こし——そのまま、手を離《はな》す。

自然、反射的に剣を引こうとしていた男はそのまま重心を後ろへと崩《くず》し、俺はその腹へと向けて後ろ回《まわ》し蹴《げ》りを叩き込んだ。

強く蹴ったわけではないが、元々体勢が崩れていたところに命中したため、男は為《な》す術《すべ》なくもんどりうって転倒《てんとう》する。

その様を見届けることなく、俺は視線の先にいる男へと向けて声をかけた。

「少しぐらいは教えてやったらどうだよ、先生とやら。それとも、これも教育の一環《いっかん》か？」

「お前に殺す気がないことは知れていたからな。だが、これでは確かに教育にもならんか」

ガレオスと呼ばれた男は嘆息《たんそく》を零《こぼ》すと、その手に持っていた木剣をゆっくりと持ち上げる。その構えからも分かる隙《すき》の少なさに、俺は思わず笑みを浮かべた。

久々に骨のありそうな相手だ。ここは――

「――楽しませて貰《もら》うとしよう！」

木剣を構え、ガレオスへと向けて駆《か》ける。その瞬間、ガレオスは僅かに目を見開いていた。どうやら、俺の動きが予想以上のものであったらしい――尤も、だからと言って手を緩《ゆる》めるつもりなど毛頭ないが。

「そらよっ」

「ぬっ⁉」

ジジイとの訓練を繰《く》り返《かえ》してきた俺の辞書に、初見の相手への手加減という文字はない。振るったのは袈裟懸《けさが》けの一閃《いっせん》だ。だが、ガレオスは咄嗟《とっさ》に剣を掲《かか》げることで俺の一撃を防いでいた。まあ、これを喰《く》らうようでは拍子抜《ひょうしぬ》けにもほどがあるというものだが。

剣を打ち据えた感触《かんしょく》からして、膂力《りょりょく》は向こうの方が上。恐らく、レベル差による力の差というやつだろう。

だからこそ鍔迫《つばぜ》り合《あ》いには拘泥《こうでい》せず、俺は即座《そくざ》に剣を翻《ひるがえ》して下から掬《すく》い上げるような一閃を放った。

だが、その一閃も割り込んだ剣によって防がれる。やはり、反応速度はかなりのものだ。

（これがステータスの差って奴かね）

今度は向こうも一閃に面食らうことなく、攻撃に合わせてこちらの剣を弾《はじ》いてくる。

それで手から弾き飛《と》ばされることこそなかったが、やはり力の差があるためか、こちらの手には強い衝撃《しょうげき》が伝わってきた。

相手がこちらの攻撃に反応できる以上、正面から真っ当に挑《いど》むのは少々不利だと言えるだろう。

攻撃を弾かれるのと同時に数歩後退するが、どうやらそのままこちらの攻め《せ》手を許すつもりはないようだ。

今度はこちらの番だと言わんばかりに、ガレオスはこちらに肉薄《にくはく》する。

「おおおッ！」

「──ッ！」

振り下ろされる剛剣《ごうけん》。その剣速は、ジジイのそれに迫《せま》るほどのものだ。今の俺では受け止めることは不可能。防御《ぼうぎょ》の上から叩き潰《つぶ》されることだろう。

斬法──柔の型、流水《りゅうすい》。

故《ゆえ》に、剣を絡《から》めて流し落とす。

流水にはいくつかの派生があるのだが、こいつの膂力が相手では、その基本形であるこの技しか使えないだろう。せめてもう少し拮抗《きっこう》した膂力であれば、今の受け流しに合わせたカウンターで仕留めることができたのだが。

流されて地面を叩いた木剣は、そのまま反転するかのように振り上げの一閃へと移行する。だが勿論《もちろん》、それにマトモに付き合うつもりもなく、俺は半歩後退して攻撃《こうげき》を回避していた。

「──解《げ》せんな」

「あん？」

そのまま追撃《ついげき》をかけてくるかと思いきや、ガレオスは剣を構えたまま一歩下がり、距離《きょり》を開ける。

どうやら、何か警戒《けいかい》している様子だ。まあ、こちらも技の引き出しはいくつかあるから、その選択《せんたく》も間違《まちが》いではないだろうが——

「何故《なぜ》スキルを使わない？　手加減でもしているつもりか」

「何故、と言われてもねぇ。別に手加減しているつもりはないんだが」

単純に、こっちのステータスが貧弱すぎて、取れる手段が少ないのと、俺に使えるスキルが殆どないというだけである。

そもそも、意識的に使えるのは《強化魔法《まほう》》と《収奪《しゅうだつ》の剣《つるぎ》》ぐらいだろう。

まあ、《強化魔法》の場合は単純に武器の威力《いりょく》が上がるだけであり、俺の筋力が上がるわけではない。木剣の試合では、ほぼ意味のないスキルであると言えるだろう。

「俺に使えるのなんて、この程度しかねぇぞ」

苦笑《くしょう》しながら、俺は《収奪の剣》を発動する。まあ、別にＨＰも減っていないわけだし、このスキルを使う意味もないのだが。

——だが、黒い靄《もや》を纏《まと》う木剣を目にした瞬間、ガレオスが予想外の反応を見せていた。

「それは……ッ！」

「うお!?」

斬法——柔の型、流水。

突如《とつじょ》として強襲《きょうしゅう》してきた一閃を受け流し、そのままカウンターでガレオスを狙《ねら》う。

瞬時《しゅんじ》に半身になって身を躱《かわ》したガレオスだが、俺の一撃《いちげき》は僅かに肩口《かたぐち》を掠《かす》り、《収奪の剣》の効果はそこで終了していた。

だが、何故かガレオスのボルテージはさらにヒートアップする。

「やはり、《収奪の剣》かっ！　貴様、それを何処で、誰《だれ》から習った⁉」

「ああ？　いきなり何言ってんだ、お前は——っと」

横殴《よこなぐ》りの一閃を身を屈《かが》めて躱し、下から肺を狙う突きを放つ。

この時左手は柄尻《つかじり》に添《そ》え、いつでも射抜を使用できる状態を整えているが、生憎とガレオスは突き出した肘《ひじ》で刀身を打ち据え、俺の突きを逸《そ》らしていた。

俺の一撃を逸らしたのは左腕《ひだりうで》、ならば右に握《にぎ》った剣は、今はこちらへと振るわれていることだろう。それを一瞥《いちべつ》することもなく左腕の篭手で受け流し、そのまま俺は、下段に戻《もど》していた木剣で一閃を放っていた。

カウンター気味の一閃ゆえ、ガレオスも躱し斬《き》れずに木剣が腹部を薙《な》ぐ——が、浅い。

この男、今の一瞬で後方へとバックステップしていたのだ。

「いや……一瞬体が光ったな。回避系のスキルって奴か」

「っ……答える気はないということか」

「お前な……いや、それならどうする気だい？」

何やら勘違《かんちが》いしている様子であるが、それならそれで乗った方が面白《おもしろ》いだろう。

剣を構え直しながらそう問えば、ガレオスは決意を固めた表情で、力強く宣言していた。

「ならば、力ずくで問いただすまで！　《練命剣《れんめいけん》》！」

「——っ⁉」

そのスキルの宣言と共に、ガレオスの手にある木剣は、力強い黄金の輝《かがや》きをその刀身に纏っていた。

アレは、拙《まず》い。あの一撃は防御できない。受け流すことも、恐らくは不可能だ。あの光を纏った一閃は、恐らくジジイの放つ剛《ごう》の型にも匹敵《ひってき》する——！

——ならば。

「即座に使ってりゃ、アンタの勝ちだったろうよ——もう、呼吸は盗《ぬす》んだ」

歩法・奥伝《おくでん》——■■・■■。

——その一閃が放たれるよりも早く、俺の木剣はガレオスの喉笛《のどぶえ》へと突きつけられていた。

第九章　新たなスキル

ガレオスの喉笛に切っ先を添えたまま、全ての動きが停止する。

使っている武器はただの木剣ではあるが、柄尻に手を添えたこの状態、射抜を使えば容《た》易《やす》く喉《のど》を潰すことができるだろう。

ガレオスの構えた木剣からゆっくりと光が消えていくのを確認《かくにん》し、そこでようやく口を開いた。

「とりあえず言っておくが、俺はプレイヤー……お前らの言うところの異邦人って奴だ」

「……それが、何だ」

「俺たちはこの地に来る際、初めからいくつかのスキルを所有している。この《収奪《しゅうだつ》の剣《つるぎ》》も、その時に手に入れた代物《しろもの》だ。つまり、誰かに教わったわけではない……納得《なっとく》はしてもらえたか？」

そこまで告げたところ、ガレオスはゆっくりと、上段に構えていた木剣を降ろしていた。

既《すで》に肌《はだ》を刺《さ》すような敵意は感じず、彼は大きく嘆息を零す。どうやら、誤解は解けたようだ。

「……済まんな、早とちりをしてしまった」

「構わんさ。荒《あら》っぽい登場をしたんだからな、マイナスに見られるのも仕方ない」

こちらもまた、刀身を降ろして戦闘《せんとう》体勢を解く。そこそこにいい試合ができたし、満足だと言えるだろう。

奥伝――我《わ》が久《く》遠神通《どうじんつう》流の奥義《おうぎ》の一角を実戦で使用できたのは、中々にいい経験になった。

「まあ、俺の勝ちってことでいいな?」

「ああ、こちらの負けだ。まさか、これほどレベルの開いた相手に敗れることになろうとは」

「そういや、《識別《しきべつ》》もしてなかったな……」

試《ため》しに、スキルを意識してガレオスのことを注視してみる。すると、視界に表示されたのはこのような内容だった。

■ガレオス
種別：？？？

レベル：？？？
状態：？？？
属性：？？？
戦闘位置：？？？

『《識別》のスキルレベルが上昇《じょうしょう》しました』

以前緋真《ひさな》を見た時以上に、ほぼ何も分からないような状態である。しかも、一度使っただけで《識別》のスキルレベルが上がるほどだ。

これは、かなりのレベル差があるということだろう。膂力で圧倒《あっとう》されるのも、当然と言えば当然か。

「試合で負けてしまった以上は、そちらの指示に従おう。お前は、この道場をどうするつもりだ？」

「あ？　いや、別にどうこうするつもりはないぞ。俺は単に、強い相手と戦いに来ただけだからな」

「……武者修行《むしゃしゅぎょう》か何かか？　変わっているな」

「よく言われるな。まあとにかく、道場に手を出すつもりはない。俺の目的はもう達成されてるからな」

そう告げると、ガレオスは僅かに安堵したような吐息《といき》を零していた。

殊勝《しゅしょう》な態度ではあったが、やはり道場を手放すことは認めがたかったのだろう。

周囲の門下生たちも、あからさまに安心したような様子を見せている。

成程、こいつは師匠《ししょう》としてもそれなりに慕《した》われているらしい。良き剣士《けんし》に出会えたことに満足しつつ、俺はふと、気になったことを質問していた。

「ところで、《収奪《しゅうだつ》の剣《つるぎ》》を見た途端に随分《ずいぶん》と過剰《かじょう》反応していたが……このスキルに何かあるのか？」

「……そうか、異邦人なら知らないだろうな。そのスキルには、少々曰《いわ》くがあるんだ。まあ、少し長い話になるが」

「構わんさ、しばらく時間を潰すつもりでここに来たからな」

「道場破りがただの暇潰《ひまつぶ》しとは、立《た》つ瀬《せ》がないな……まあいい。お前たち、訓練に戻れ！　俺は彼と話をする！」

いい加減、周囲を放置したまま立ち話をするわけにもいかなくなったのだろう。ガレオスは、周囲の面々に対して練習の再開を指示する。

俺としても、別段道場の経営をどうこうするつもりはないし、話が聞けるならばそれで十分だろう。

再び騒《さわ》がしくなり始める練習場の壁際《かべぎわ》へと移動した俺たちは、改めて話を再開した。

「では、改めてだが……俺はガレオス。この道場の指南役だ」

「クオンだ。先ほども言ったが、異邦人って奴だな」

「ああ、よろしく頼《たの》む。それで、《収奪の剣》に関する話だったな」

ガレオスは、背中を壁《かべ》に預けながら腕を組む。

あまり表情の変わらない男ではあるが、浅からぬ因縁《いんねん》がある様子が見て取れた。いきなりあんな過剰反応をするほどだったのだ、そう楽しい話というわけではないだろう。

「《収奪の剣》は、『三魔剣《さんまけん》』と呼ばれるスキルの一角、《奪命剣《だつめいけん》》と呼ばれるスキルの前提となるスキルだ」

「『三魔剣』？　ってことは、他に二つあるってことか」

「然《しか》り。《奪命剣》、《蒐魂剣《しゅうこんけん》》……そして、俺の受《う》け継《つ》いだ《練命剣《れんめいけん》》。これら三つは、とある剣聖《けんせい》――俺の師を開祖とする、非常に強力なスキルだ」

ガレオスの言葉に、俺は頷《うなず》く。

成程、確かに。先ほどガレオスが使おうとした《練命剣》は、かなりの威力を誇《ほこ》るスキルであることは間違いなかった。

だからこそ、俺も出かかりを潰す他なかったのだ。まともに打ち合えば、負けていたのは間違いなくこちらだっただろう。

俺の持つ《収奪の剣》の場合は、《奪命剣》と呼ばれるスキルに派生するというわけか。

「つまりアンタは、俺がその《奪命剣》の使い手にそれを教わったと思ったのか？」

「……そうだな。だが、それはありえない筈《はず》なんだ」

「ありえない？　どういうことだ？」

「今、《奪命剣》を使える者はたった一人、俺たちの師匠しかおらず――《奪命剣》を受け継いだ一人の弟子《でし》は、既に死んでいるからだ」

その言葉に、俺は視線を細める。

それほどの強力なスキルの使い手が死していることを訝《いぶか》しんだわけではない。彼の言葉の中に、酷《ひど》く苦々しい感情を読み取ることができたためだ。

「……何か、あったのか？」

「……その男は、剣に狂《くる》ったんだ」

「――――！」

剣に生きている以上、その言葉の意味が分からないはずがない。

剣の道に傾倒《けいとう》し、戦いと血に狂い果てた者の末路がいかなるものか――それは、現在の状況《じょうきょう》を見れば明らかだろう。

「《奪命剣》……《収奪の剣》は相手の命を啜《すす》るという性質上、生命力への転換《てんかん》と自己治《ち》癒《ゆ》の際に快感が伴《ともな》うんだ。特にこのスキルは、スキルレベルが高まれば高まるほど、より多くの命を吸収できるようになる。つまり――」

「戦いそのものではなく、《奪命剣》で命を奪うことそのものが目的と成り果てたか」

「ああ……なまじ実力のある男であっただけに、奴を止められる者はいなかった……師匠を除けば」

「その男は、あんたたちの師匠によって斬られた、と」

まあ、剣に狂った者の末路としてはありがちだろう。それが師を超《こ》える前であっただけ、まだマシだったと言うべきか。

しかし、その師匠も大したもんだ。それほど強力な剣術《スキル》を、たった一人で開発したというのだから。

「初めは散発的な通《とお》り魔《ま》として、そして事態が発覚してからは無差別に人を斬《き》り、吸い殺した。師匠はそいつを止めることはできたが、そいつの師であったがため、自分から王家の剣術指南役の地位を返上して隠居《いんきょ》してしまった……だからこそ、《収奪の剣》は危険なスキルとして認知《にんち》されている」

「あまり人前では使わない方がいいってことか」

「そうだな。尤も、異邦人たちはそんなことは知らんだろうから、気にするのは我々現地人のこと程度でいいだろう」

そう告げて、ガレオスは苦笑する。

その男とも、同じ師を持つ弟子同士、恐らく交流はあったのだろう。それほどに苦い経験があるというのならば、このスキルを警戒してしまうのも無理からぬことだ。

「ともあれ、そういう事情だ。もう随分と前のことだというのに、過敏《かびん》に反応してしまった……済まなかったな」

「事情があるなら何も言わんさ。それに、俺としてもそこそこ楽しめたからな」

「……頼むから、お前は狂わないでくれよ？　まあとにかく、お前には迷惑《めいわく》をかけてしまった。詫《わ》びとしてはなんだが、一つ、いいものを教えてやろう」

そう口にすると、ガレオスは壁から離れ、俺に対して木剣を構えてみせた。

だが、その構えの中には俺に対する戦意は見受けられない。どうやら、単純に何かを見せるだけのつもりのようだ。

まあ、それはそれで興味深いため、俺は意識を集中させてその様を見届けようと視線を細める。

「――《生命《せいめい》の剣《つるぎ》》」

スキルの宣言――それと同時に、ガレオスの木剣が淡《あわ》い金色の光に包まれる。

そのエフェクトのパターンは、俺が《収奪の剣》を使った時のそれに酷似《こくじ》していた。

どうやら、このスキルこそが――

「これが、《練命剣》の前提となるスキル、《生命の剣》だ。簡単に言えば、己《おのれ》のHPを消費して、攻撃の威力を上げるスキルだな」

「ほう。そりゃまた、《収奪の剣》と相性《あいしょう》が良さそうだな」

「確かにな。師匠は三種の魔剣を全て扱《あつか》えるから、自分でHPを減らして自分で回復させる、なんて器用な真似《まね》もできた。正直、どうしようにも倒《たお》しきれる気がしないな」

肩《かた》を竦《すく》めながら光を霧散《むさん》させるガレオスの言葉に、俺も思わず苦笑する。

自分でHPを減らしてダメージを増幅《ぞうふく》し、減らしたHPは相手を攻撃して回復する。たちの悪い永久機関だが――確かに、俺にとっては興味深いものでもある。

何しろ、HPが減る機会が中々ないために、《収奪の剣》やら《HP自動回復》やらが鍛えづらいのだ。これがあれば、攻撃力《こうげきりょく》も上げられるし、スキルレベルも上げやすくなる。

一石二鳥だろう。

『スキル《生命の剣》の取得条件を満たしました。習得可能スキルに追加されます』

「おや、覚えられるようになったみたいだな」

「礼としてはつまらんもので申し訳ないが、できれば使ってみてくれ。きっと、お前の助けになるだろう」

確かに、これならば十分だ。

にやりと笑みを浮かべつつ、俺はメニューを操作して《生命の剣》を習得する。

必要なスキルポイントは5――これまでに習得したスキルよりも、随分と要求されるポイントが多い。それだけ、《生命の剣》は強力なスキルであるということだろう。

早速《さっそく》、スキル枠《わく》から《採掘《さいくつ》》を外して《生命の剣》をセットする。

「よし、《生命の剣》」

瞬間、体の中からぐっと何かが引っ張り出されるような感覚が走ると共に、木剣が淡い金色の光を纏う。

自分のステータスを確認してみれば、約一割ほどのＨＰが消費されていた。どうやら、きちんとスキルを使うことに成功したようだ。

「上手《うま》く使えたようだな。余裕《よゆう》があったら、《生命力操作》というスキルも習得するといい。消費するＨＰの量を意識的に操作できるようになる」

「へぇ、そいつは便利だな。節約したり、もっと威力を高めたりもできるってわけだ」

「そういうことだ。上手く使ってみてくれ」

まあ、今は空いているスキル枠もないし、それは後々でいいだろう。

とりあえずは、このスキルと《収奪の剣》を意識的に使い、育てていくのが先決だ。

正直なところ、《強化魔法》よりも幾分《いくぶん》か使いやすいため、俺のメインウェポンになることが予想できる。しかも、その先にあの《練命剣》があるとなれば尚更《なおさら》だ。

「感謝する。世話になったな」

「スキルに関しては詫びなんだ、気にするな。ああ、良ければ向かいの道場にも行くといい。あいつは、師匠から《蒐魂剣》を学んだ俺の弟弟子《おとうとでし》だ。その関連スキルも教えてくれるかも知れんぞ」

「ほう、それはそれは。それも勉強になりそうだな」

くつくつと笑いつつ、俺はガレオスに対《たい》して目礼する。

有意義な時間だった。ここに来ただけでも、このゲームを始めた甲斐《かい》があったと思えるほどに。満足しつつ、俺は木剣をガレオスへと返却《へんきゃく》して、踵《きびす》を返した。

「じゃ、また機会があったら」

「ああ、次は負けんぞ？」

「次は、もっときちんと試合になるように鍛えてくるさ」

軽く手を振って、俺《おれ》はガレオスの道場を後にする。

周囲からは色々と複雑な視線を向けられたが、気にせずに元の通りへと戻ることとした。

そして――

「さて、同じ流れで行くとするか」

――同じ足で向かいの道場へと入り、俺はもう一つのスキルである《斬魔《ざんま》の剣》を習得したのだった。

■アバター名：クオン

■性別：男

■種族：人間族《ヒューマン》

■レベル：8

■ステータス（残りステータスポイント：0）

STR：14

VIT：12

INT：14

MND：12

AGI：11

DEX：11

■スキル

ウェポンスキル：《刀：Lv.8》

マジックスキル：《強化魔法：Lv.5》

セットスキル：《死点撃《う》ち：Lv.7》

《ＨＰ自動回復：Lv.2》

《ＭＰ自動回復：Lv.3》

《収奪の剣：Lv.3》

《識別：Lv.7》

《生命の剣：Lv.1》

サブスキル：《採掘：Lv.1》

《斬魔の剣：Lv.1》

■現在ＳＰ：2

第十章　裁縫師伊織《さいほうしいおり》

道場での時間潰しも終え、俺は再び気配を消しつつ、元いた天幕へと戻る。

相変わらず人の多い天幕の中、奥の方に見えた身長の低い少女の傍《そば》に、そこには随分と特徴的《とくちょうてき》な姿の人物が存在していた。

長い金髪《きんぱつ》で、腰の辺りまで届くその髪先は、何条かに分かれた後に緩くカールが巻かれている。アレがさらに強く巻いていたら、所謂《いわゆる》ドリルと呼ばれることになっていただろう。

まあ、そこまでならまだ分からなくはない。高い身長と合わせても、そこそこに似合っている姿だと言えるだろう。

——やたらとゴテゴテしたデザインの着物を纏っていなかったら、の話であるが。

「お、先生さーん」

「……気づかれたか」

と、フィノがこちらの姿に気づき、相変わらず眠《ねむ》そうな表情のままこちらへと手を振る。

それと同時に着物の少女もこちらへと視線を向け——その碧玉《へきぎょく》の瞳《ひとみ》を、大いに輝かせた。

「まあ！　まあまあまあ！」

「お、おお？」

何やら、やたらとテンション高く近づいてきた少女は、遠慮《えんりょ》なく距離を詰《つ》めると、俺の姿を観察するようにぐるりと周囲を回り始める。

どうやら、彼女《かのじょ》の視線は俺の装備に対して集中しているらしい。

いや、どちらかと言えば、それらを纏った俺の姿全体に対して、だろうか。一通りこちらのことを観察した少女は、実に上機嫌《じょうきげん》な様子でぽんと手を叩き、話し始めた。

「素晴《すば》らしいですわ！　ここまでわたくしの服を着こなしていただけるなんて！」

「あー……まあ、和服はそこそこ着慣れているからな」

「そうでしたの。やはり経験のある方は違《ちが》うものなのですわね」

何と言うかまぁ、色々と特徴的な人物である。

顔の造作は整っている――どちらかと言うと、外国人っぽさのある顔の造りをしているだろうか。そのおかげで金髪碧眼《へきがん》の容姿にはまるで違和感《いわかん》を覚えないのだが、その服装が和服であることには戸惑《とまど》いを禁じえない。おまけにこのお嬢様《じょうさま》口調だ。少なくとも、大いに印象に残ることは間違いない。

「ええと、アンタが伊織さんかい？」

「はい、その通りですわ。よろしくお願いいたしますね、クオンさん」

「ああ、よろしく頼む。で、注文の品は持ってきてくれたのか?」

「ええ、こちらに」

そう言って伊織が取り出したのは、二着の羽織だった。一つは白色のごく普通《ふつう》の羽織、もう一着は――

「……おい、何故こんな物を持ってきた」

「フィノがクオンさんのことを、緋真《ひさな》さんに勝《まさ》るほどのサムライだと言っていましたもの、これが似合うと思いまして!」

水色に染め上げられ、袖口《そでぐち》だけが白い羽織。

日本人なら誰でも見覚えがあるだろう、まごうことなき新撰組《しんせんぐみ》をイメージした羽織だ。

まあ確かに、鉢金《はちがね》まで巻いたこの姿はそう見えなくもないだろうが、流石にここまで目立つものを身に着けたくはないし、この新撰組の羽織は似合わないだろう。

「生憎、今の服装じゃ似合わんだろう。あんたが作ったんだから分かってるだろう?」

「むぅ……まあ、否定はできませんわね。まあ、これはこれで、中村主水《もんど》のようで似合ってますわ!」

「……そうかい」

時代劇フリークか何かだろうか。

まあ、要求した装備を持ってきてくれた以上、その背景については追及《ついきゅう》することもないだろう。とりあえず、俺は受け取った白色の羽織を《識別》した。

■《防具：装飾品《そうしょくひん》》森蜘蛛《もりぐも》糸の羽織（白）
防御力《ぼうぎょりょく》：6
魔法《まほう》防御力：2
重量：2
耐久度《たいきゅう》：100%
付与《ふよ》効果：なし
製作者：伊織

性能についてはそれほど高くはないが、まあ装飾品枠《そうしょくひんわく》に入る装備なのだからこんなものだろう。丸に唐花《からはな》の家紋《かもん》が付いた、ある種徹底《てってい》している装備に苦笑しつつも、俺は装備の具合を確かめた。

袖口は広くはあるが、あまり長くは伸《の》ばしていないため、刀を振る上で邪魔になることはないだろう。

とりあえずはこれで目標は達成できた、というわけだ。

「よし、こんなもんだろう。金はいくらぐらいだ？」

「一万で大丈夫《だいじょうぶ》ですわ。その代わりといってはなんですが――」

そう告げると、伊織は手元で何やらメニューを操作し始める。

何をする気かと首を傾《かし》げたちょうどその時、俺の目の前にウィンドウが表示されていた。

『【伊織】からフレンド申請《しんせい》が送信されました。承認《しょうにん》しますか？　Ｙｅｓ／Ｎｏ』

「ふむ……また唐突《とうとつ》だな。初対面だってのに」

「和服装備を着こなせる、数少ないお客様ですもの！」

何だかよく分からん基準ではあるが、何だかんだでフィノが認めているほどの職人だ。となれば、布系の生産職としてはトップクラスの腕《うで》を持つ人物なのだろう。縁《えん》を結んでおくのも悪くはないはずだ。そう判断して、俺は頷きつつフレンド登録を了承《りょうしょう》する。

鼻歌でも歌いそうなほどに上機嫌な伊織の様子には苦笑しつつも、こちらもまた満足して頷いていた。

これはこれで良縁《りょうえん》だろう。今後装備を更新《こうしん》する際にも世話になるかもしれんしな。

「ふふ、助かりましたわ。ありがとうございます、クオンさん」

「別に助けた覚えはないんだが？」

「わたくしの作品を購入《こうにゅう》してくださったことですわよ」

「……いおりん、腕のいい布装備職人なんだけど、和服しか作らないから……需要《じゅよう》がニッチ」

フィノの言葉に、半眼を作りつつも納得する。

ここはファンタジーの世界だ。正直なところ、和服というものがそれほど似合うようには思えない。ついでに言えば、布系の装備というのは基本的に後衛向けの装備のようであるし……となれば、刀を持って戦う前衛には向かない装備であると言えるだろう。

「わたくしに入ってくる注文はいつも弓道《きゅうどう》の道着《どうぎ》か巫女《みこ》服でしたし……それも悪くはないのですが、わたくしとしましては普通の着物を作りたかったもので」

「……で、俺のような存在が貴重ってわけか」

「ええ。機動性を重視して、布系の装備で刀を持ちながら前衛を張るプレイヤー、となると非常に限られてしまいます。そういう意味においても、クオンさんはとても仲良くしたいプレイヤーなのですわ」

まあ、要するに互《たが》いに利のある関係であるということか。

その点に関してはこちらとしても否《いな》やはないし、仲良くしておくに越《こ》したことはないだろう。

「あの、それでなのですが……クオンさんに、一つお願いというか、依頼《いらい》したいことがございます」

「うん？　依頼だ？」

「はい。わたくしと一緒《いっしょ》に、東の森のボスを討伐《とうばつ》していただきたいのですわ」

「東の森？　この街の東側のフィールドか。そこのボスを倒《たお》せばいいのか？」

この街の四方には、それぞれ異なる敵の出現するフィールドが広がっており、東側には深い森が存在している。正直、俺としては最も敵の強い北の平原にしか興味がなく、他は無視していいと考えていたのだが――

「そこのボスを倒すと、何か特典でもあるのか？」

「と言うより、そのボスのドロップ品が狙いなのです。ボスはグレーターフォレストスパイダー、まあ要するに巨大《きょだい》な蜘蛛なのですが、その蜘蛛の落とす糸が必要なのですわ」

「成程《なるほど》、装備を作るために使いたいわけか」

布装備の職人となれば、当然その元となる布が必要になるだろう。そして布を作るとなれば、当然糸が必要だ。その糸に、東の森のボス素材を使いたいということだろう。

現状手に入る素材としては、恐《おそ》らくボスの素材が一番強いだろうしな。

「勿論、その糸でクオンさんの装備を作らせていただきますわ。オーダーメイドにも応じます。どうでしょう？」

「……その糸で装備を作ると、お前さんに何か得でもあるのか？」

「現地人からのクエストで、一定以上の性能を持つ装備を作ってみせなければならないのですわ。ただ、現状出回っている素材だとどうしても難しく……」

「そこでボスの素材ってわけか」

ふむ。まあ、いい装備を作ってもらえるっていうなら否やはない。

今の装備も、決して悪くはないのだが、現状で装備できるものという間に合わせの感が拭《ぬぐ》えないものだ。より強力な装備に変更《へんこう》できるなら、そうしておくべきだろう。

ついでに言えば、ボスと戦えるのも魅力的《みりょくてき》だ。北の狼《おおかみ》ほどではないのだろうが、ボスと名が付くからにはそこそこの強敵であるはず。更《さら》に、森の中という特殊《とくしゅ》な状況下での戦闘は、それ自体が良い経験となることだろう。

「分かった、その依頼を受けるとしよう」

「本当ですの⁉　良かった……皆《みな》さん蜘蛛が気持ち悪いからと受けてくださらなかったので……」

「ああ、まあそういう連中もいるか。俺としては、戦えるのならば否やはないんだが」

「先生さんも戦うの好きだねぇ……」

どこか呆《あき》れたような表情で呟《つぶや》くフィノに、俺は軽く肩を竦めて返す。

そもそも、戦うためにこのゲームを始めたのだから、それに間違いはないだろう。

「それで、これから出発するのか？」

「ああ、いえ……今日はもうクエストをこなしてきたので、色々と消耗《しょうもう》しておりますの。申し訳ありませんが、明日でもよろしいでしょうか？」

「明日か。確か日曜だったな……外の時間で言えば、二時以降なら大丈夫だが」

「わたくしもその時間で問題ありませんわ。では、明日はよろしくお願いいたします」

「ああ。こちらこそ、頼んだぞ」

満面の笑《え》みを浮《う》かべる伊織に、こちらもくつくつと笑みを零《こぼ》しながら首肯《しゅこう》する。

足手纏《あしでまと》いになるかどうかは分からんが、まあそういうのもいいだろう。周囲に気を配りながら戦うのも、また一つの修行《しゅぎょう》だ。

「さて、用事も済んだし……ふむ、もうそこそこいい時間か」

「あら、ログアウトしますの？」

「そうだな。初日から楽しませて貰《もら》った。緋真頼《だよ》りとはいえ、良縁を結べたことに感謝しよう。では、また明日頼む」

「はい、よろしくお願いいたしますわ」

「ばいばーい」

礼儀《れいぎ》正《ただ》しく頭を下げる伊織と、長柄《ながえ》のハンマーを床《ゆか》において体を預けているフィノ。その二人に見送られながら、俺は初日のログインを終了《しゅうりょう》させたのだった。

＊　＊　＊　＊　＊

どこか引っ張られるような感覚と共に目を開けば、暗転していた視界が元の己の部屋へと戻る。

リクライニングシートから体を起こし、立ち上がって体を動かして――違和感がほぼ存在しないことに安堵《あんど》した。これなら、多少素振《すぶ》りする程度で感覚の磨《す》り合わせができるだろう。頷きつつ、俺は木刀を手に部屋から出て縁側《えんがわ》へと向かう。

と――その途中《とちゅう》、俺の視界に入ったのは、こちらへと向かって廊下《ろうか》を歩む明日香《あすか》の姿だった。明日香もまたこちらの姿を捉《とら》えると、僅《わず》かに目を見開いてこちらに駆《か》け寄ってくる。

「先生、ログアウトしてたんですか」

「ああ。そこそこやることもやったんでな。今から軽く体を動かしてくる」

「ゲームの中でも剣を振《ふ》ってたのに、まだやるんですか……」

「だからこそに決まってるだろ。実戦で剣を振ったからには、きちんと素振りをして微調《びちょう》整《せい》するのが基本だ。お前もきちんとやれ」

「う、そうですよね……」

「分かりゃいい。錆《さ》び付《つ》かせないように気をつけろよ」

軽くぐりぐりと頭を撫《な》でて、明日香とすれ違うように廊下を進む。

明日はでかい蜘蛛との戦いだ。そのイメージも含《ふく》めて、体に叩《たた》き込んでおくとしよう。

そこまで考えて、ふと気づく。ここ最近感じていた退屈《たいくつ》が、完全に吹《ふ》き飛《と》んでいるということに。

「はは……いいな、思った以上だ」

懐《なつ》かしいと言うにはいささか最近すぎるが、これは確かに、ジジイに挑《いど》んでいた時と同じ情熱だ。強くなること、戦うこと。その果てない可能性があの世界には眠っている。

ああ、これはいい、楽しいな。

「感謝するぞ、緋真。俺は、まだまだ前に進めそうだ」

――そう呟いて、俺は素振りを開始した。

第十一章　東の森へ

午前中は師範代《しはんだい》連中と明日香《あすか》に稽古《けいこ》をつけて、午後から二度目のログイン。

開けた視界に映ったのは、昨日と同じ、街の中心にある広場の光景だった。どうやら、ログインした時は常にこの場所に出現するらしい。

「外でログアウトする時はどうするのかね、と……おん？」

と、そこで、視界の端《はし》に見慣れぬアイコンが点滅《てんめつ》しているのが見える。

何やら人間の胴《どう》を模しているようなアイコンに注視すると、『空腹状態』という文字が表示された。言われてみれば、先ほど昼飯を食ったばかりだというのに、少し腹が減っている気がする。まさか、こんな状態まであるとは。

「面倒《めんどう》だが……まあ、現実とは切《き》り離《はな》して好きなものを食えるのは有《あ》り難《がた》いか」

体作りのため、現実ではあまり偏食《へんしょく》をするわけにもいかないからな。だが、ここではそういった制約もない。多少好き勝手に食っても問題はないだろう。

ちょうどこの広場にはいくつか露店《ろてん》も出ていたので、適当にサンドイッチやら串焼《くしや》きやらを食べ歩きしつつ東門へと向かう。その際にこちらをじろじろと見てくる連中もいたが、まあ慣れたものだ。

気配を殺し雑踏《ざっとう》に紛《まぎ》れながら歩いているうち、俺は街の東側にある門へと到着《とうちゃく》した。

「さて、あの小娘《こむすめ》は――すぐ見つかるな」

金髪に着物という非常に目立つ出《い》で立《た》ちだ、探すのには苦労しない。

案の定というか何と言うか、門の脇《わき》で手持《ても》ち無沙汰《ぶさた》にしている少女、伊織《いおり》の姿をあっさりと見つけることができた。見目はいい少女なのだが、姿が姿なだけに悪目立ちしている。おかげで変に声をかけられている様子もないから、それは幸いなのかもしれないが。

ともあれ、今日の目的は彼女だ。とりあえず接触《せっしょく》するとしよう。

「待たせてしまったな、すまない」

「ああ、クオンさん。いえ、時間に遅《おく》れてはおりませんもの。さあ、早速ですが出発しましょう」

その言葉と共に、俺の眼前には緋真《ひさな》の時と同じパーティ申請のウィンドウが表示される。

軽く肩を竦めて了承すれば、視界の端にはパーティメンバーとしての伊織の名前が表示された。

「じゃあ出発だが、何か持っていくものとかはあるのか？」

「いえ、特には。道もわたくしが分かりますので」

まあ、単純に敵を倒して帰ってくるだけだからな。

夜の森やら樹海《じゅかい》やらが行き先となっているなら兎《と》も角《かく》、昼間の森程度ならばそこまで危険度も高くはないだろう。

先導して歩き始める伊織の後を追って、俺は東の森へと向けて出発した。

街の門を出れば、既《すで》に森の姿は見えているほどに近場にある。どうやら木材の採取に使っている森のようだ。木々が疎《まば》らなのは、伐採《ばっさい》と植林を同時に行っているためだろう。人の手が入っているのならば、歩きやすく整備されていても不思議ではない。

「……森に入るというよりは、雑木林に散歩に行く程度のものだな」

「否定はできませんわね。まあ最初のフィールドの一つですし、それほど難易度を高くするわけにもいかなかったのでしょう」

「そんなもんか。まあ、そういうフィールドは今後に期待かね」

軽く肩を竦めつつ歩けば、魔物《まもの》とは出会うこともなく森の前まで到着した。どうやら、街から森までは敵が出現しないエリアらしい。

若干拍子抜け《じゃっかんひょうしぬ》けしつつも、俺は太刀《たち》を抜《ぬ》きつつ森の中へと足を踏《ふ》み入《い》れていた。

伊織も同じく武器を取り出していたが——

「……薙刀《なぎなた》か」

「ええ、その……わたくしでは、刀を上手く扱えませんでしたので」

長柄の先に湾曲《わんきょく》した刃《は》を備えた薙刀。中国の偃月刀《えんげつとう》よりも細い、日本式の薙刀だ。どうやら、何とか和風の武器を扱おうと苦慮《くりょ》した結果、このような形に落ち着いたようだ。

まあ、長柄の武器は初心者でも扱いやすく、攻撃《こうげき》を当てやすい部類であるだろう。特に、突《つ》きだけではなく斬《き》りつける攻撃もできる薙刀は、刀と比べても使いやすいものの筈だ。

「まあ、いいと思うぞ。ウチの門下生にも薙刀を教わっている奴《やつ》がいるしな。多少は扱い方《かた》も分かる」

「門下生……？　ええと、ありがとうございます。わたくしとしては刀を使いたかったのですが……」

「扱いづらい武器なんだろう？　緋真の奴が言ってたが」

確か、刀は威力《いりょく》が高い代わりに、武器の耐久度の減りが早いとのことだった。その言葉を聞いてからこまめにチェックはしているのだが、俺の刀の耐久度は未《いま》だ90％台を維持《いじ》している。

思うに、そういう連中はきちんと刃筋を立てられていないのではないだろうか。

更に言えば、的確に急所を斬れれば刀を振るう回数も減り、耐久度の減少を抑《おさ》えられる筈だが……つまるところ、刀を扱った経験のない初心者には扱いづらいということだろう。

「ま、使えないものを無理に使っても楽しめはしないだろうさ。それに納得《なっとく》できたなら、やりたいようにやればいい。多少なら指導してもいいぞ？」

「本当ですの⁉」

「ああ、まあ、立場上本格的な指導はできないが。軽く助言する程度なら問題はないだろうさ」

師範《しはん》という立場上、俺が直接指導することができるのは師範代と直弟子《じきでし》だけだ。安易に他者への指導を行うことはできない。

まあ、俺も薙刀についてはそこまで深く修練を積んだわけではないし、教えられることもそれほど多くはないのだが。

久遠神通流《くどうじんつう》薙刀術については、どちらかといえば師範代の一人、俺の姪《めい》に当たる薙刀術の師範代の方が詳《くわ》しいだろう。やたらと熱心に俺に訓練を要求してくる姪の姿を思《おも》い浮かべつつ、俺はふと、接近してくる物音に視線を細めた。

木々の伐採のためだろう、ある程度整備された林道の右手側、林の中から枝を揺《ゆ》らしながら接近してくる気配がある。

「伊織、敵だぞ」

「っ、はい」

俺の指摘《してき》にようやく気づいたのだろう、伊織は俺の視線を追うようにしながら向き直って薙刀を構える。

音の位置は低い。俺は刀を下段に構えつつ、相手の接近を待ち受けた。やがて、枝葉を揺らしながら、その気配の主が顔を見せる。

■フォレストボア
種別：動物・魔物
レベル：1
状態：アクティブ
属性：なし
戦闘《せんとう》位置：地上

現れたのは、少々小柄《こがら》な猪《いのしし》だった。地面からの高さは50センチ程度の大きさだろう。現実の猪と比べても、まあ同じぐらいかやや小さい程度のものだ。

猪はあまり侮《あなど》れる動物ではないのだが、この相手からはそれほど脅威《きょうい》は感じない。

『ブルルルッ！』

「フォレストボアですわね。突進攻撃《とつしんこうげき》が中々強力ですが、避《よ》けて木に激突《げきとつ》させるとしばらく動きが止《と》まりますわ」

「そう面倒な相手でもなさそうだな」

敵は一体のみ。それならまあ、こいつは貰うとしよう。この森での戦闘は初だから、まずは感覚を掴《つか》んでおきたい。そう考えた俺は、下段に構えたまま、摺《す》り足《あし》で少しずつフォレストボアへと接近した。

対するフォレストボアは、俺が前に出てきたのを見て、警戒《けいかい》するように体勢を低くする。前足で地面を蹴《け》る仕草は、これから突進《とつしん》してくると言わんばかりの姿だ。

そして、まるで宣言通りとでも言うかのように――フォレストボアは、俺へと向けて勢い良く飛び出してきた。

（そこそこ速い、が――）

速度に関しては、どちらかといえば北の平原にいる兎《うさぎ》の方が上。

そう判断した俺は、左斜《なな》め前へと低く踏み出《だ》しながら、足を前に出すその瞬間《しゅんかん》に、膝《ひざ》で右手の篭手《こて》を蹴り上《あ》げた。

斬法――剛《ごう》の型、鐘楼《しょうろう》。

俺の足によって押《お》し上げられた一閃《いっせん》は、下段からの攻撃にはありえぬほどの速度をもって、こちらへと突進してくるイノシシの右目を抉《えぐ》るように斬る。

『フゴォッ⁉』

「足を止めたな」

痛みと、視覚を奪《うば》われたからか、イノシシは突進の勢いのまま地面に転がるように倒れ込む。俺のちょうど横手で止まったイノシシへ、俺は蹴り上げた勢いによって上段に構えられた刀を容赦《ようしゃ》なく振り下《お》ろした。

斬法――剛の型、鐘楼・失墜《しっつい》。

蹴り上げによる顔面狙《ねら》いの牽制《けんせい》と、それによって動きを止めた相手へと放たれる必殺の一撃《いちげき》。剛の型の中では珍《めずら》しい二段構えのこの技《わざ》により、イノシシの首はいとも容易《たやす》く斬り落とされていた。

まあ、所詮《しょせん》はレベル1、こんな程度のものだろう。

「微妙《びみょう》だな……ま、ボスに期待ってトコかね」

「……わたくし、突進中のフォレストボアを倒した方は初めて見たのですけど」

「そうか？　タイミング良く大剣《たいけん》や槌《つち》でも当ててやればそれで終わる気がするが」

「それ、タイミングがずれたら大惨事ですわよ。ここの辺りに来るプレイヤーは、まだ武器の扱《あつか》いに慣れていない人も多いでしょうし」

「そういや、初心者エリアだったたな。ふむ……」

確かに、素人《しろうと》には動いている的に攻撃を当てるのは中々に難しい話だろう。

さっきの伊織の話では、このイノシシは樹にぶち当ててやればしばらく動きが止まるとのことだ。流石《さすが》に、動きの止まった相手ならば攻撃も当てやすいだろうし、そういう意味では初心者向けの相手だと言えるだろう。

そう考えた場合、蜘蛛はどんな位置づけになるのかは良く分からんが。

「まあ、とりあえずどんな相手なのかは分かった。先に行くとするか……せめてスキルを使うぐらいの相手が欲《ほ》しいんだが」

「むしろ、スキルを使わずにそこまでやれるのに驚《おどろ》きですわ……噂《うわさ》には聞いておりましたが、本当に凄腕《すごうで》ですわね」

構えていた薙刀を下ろして嘆息《たんそく》する伊織に、こちらはにやりと笑みを浮かべながら刀を肩《かた》に担《かつ》ぐ。

ともあれ、目標はボスなのだ。流石に、このエリアの主が相手だというなら、多少は歯ごたえがあるだろう。或《ある》いは、まだ見ぬ普通の蜘蛛という魔物についても、多少は期待ができるのかもしれない。

「ほれ、先に進むぞ」

「ええ、そうですわね。行きましょう」

伊織は、あまりこちらの事情には踏み込んでこない。そこそこ情報を漏《も》らすように話しているのだが、思ったほどの食いつきはなかった。

手伝って貰っている手前の遠慮か、或いは純粋《じゅんすい》に衣装のみにしか興味がなかったのか。

まあどちらにせよ、慎《つつし》み深《ぶか》さを持っているのならばこちらとしても付き合いやすい相手だ。これならば、多少教えてやるのもやぶさかではない。

「しかし……お前さん、あまり戦闘が得意じゃないだろう」

「う……ま、まあ、生産職ですので」

「つまりＤＥＸ優先って奴か。遠距離《えんきょり》攻撃《こうげき》武器の方が良かったんじゃないのか？」

「確かに相性《あいしょう》はそちらの方がよろしいのですけど……わたくしは、刀か薙刀が使いたかったのです！」

自らの薙刀を抱《だ》きしめるようにそう宣言する伊織に、思わず苦笑《くしょう》を零す。

まあ、その辺に関しては好き好きだ。別段、全く使えないというわけではないのだから、問題と言うほどの問題ではない。

それよりも、気にするべきことは――

「まず、腰《こし》が引けている。対処法が確立している格下相手ですら、あのへっぴり腰《ごし》だ。ボス蜘蛛《ぐも》相手に戦えるのか？」

「う……それは、その……」

「……まあ、自分で戦えるなら俺に頼《たの》んじゃいないか」

口ごもる伊織の様子に、おおよその事情を察して肩を竦《すく》める。

まあ、元々一人で戦うつもりではあったし、大差はないと言えるだろう。

せめて自分の身ぐらいは自分で護《まも》れるようになって貰いたい所だが……その辺りは、到着までに矯正《きょうせい》していくとしよう。

第十二章　薙刀の扱い方

軽くイノシシをあしらい、森の中を進む。

まあ、森というよりは殆《ほとん》ど林道だ。人の手が入っている上に道まで作られているのだから、これを森と言うのには語弊《ごへい》があるだろう。

おかげで、初心者が長物を振るうのにもそれほど問題はないのだが――

「……お前さん、本当に弓の方が良かったんじゃないか？」

「うう……その、面目《めんぼく》ありませんわ」

横合いから突っ込んできたイノシシを蹴り転がして止《とど》めを刺《さ》しつつ、俺《おれ》は伊織《いおり》に対して半眼でそう告げる。

そんな俺の言葉にどこか落ち込んだ様子の伊織は、へっぴり腰のまま薙刀を突き刺して、こちらへ向かってこようとしている蜘蛛をチクチクと突き刺していた。

■フォレストスパイダー
種別：虫・魔物
レベル：2
状態：アクティブ
属性：なし
戦闘位置：地上・樹上

出現した魔物の名はフォレストスパイダー。

見た目は、やや茶色っぽい蜘蛛だ。前足を二本振り上げ、赤い八眼でこちらを睥睨《へいげい》しながら向かってこようとしているが、伊織の突き出した切っ先で思うように動けていない状態だ。まあ、多少はダメージも入っている様子だが、アレでは一体倒すのにかなり時間がかかるだろう。

そんな悠長《ゆうちょう》な攻撃をしている伊織に対し、俺は横から突っ込んできたイノシシを止めた所だった。

一対一なら何とか倒せるだろうが、今の突進を喰《く》らっていたら伊織はアウトだったろう。

「しかし気持ち悪いな。中型犬ぐらいある蜘蛛ってのはこんな感じなのか」

「否定はしませんけど、その、加勢とかは……」

「一匹《ぴき》ぐらいは何とかしろ」

言いつつ、俺は伊織の後ろへと回る。そのまま突き出《で》ている薙刀の石突《いしづき》をがっしりと掴み、ぎょっとした様子で身を固める伊織に対して声を上げた。

「まず、そのへっぴり腰を何とかしろ。腰を前に出せ」

「で、ですが……」

「いいからさっさとしろ」

告げつつ、引き気味の腰を膝で押す。手で触《ふ》れていたら色々と面倒なことになっていたかもしれないが、膝ならば半分ぐらい蹴りと同じような扱いだろう。

完全に引けていた腰が前に出され、とりあえずは直立した体勢を作り出す。

俺は薙刀を押さえ、蜘蛛の前から切っ先が動かぬようにしつつ、更なる指示を飛ばした。

「体は半身、足は肩幅《かたはば》で開き、前の足は相手の方へと向けろ」

「は、はいっ」

とりあえずは、中途半端《ちゅうとはんぱ》に斜め向きだった体を矯正する。これでは相手から狙ってくださいと言っているようなものだ。

薙刀のリーチを隠《かく》すこともできておらず、強みが半減してしまっている状態だ。

「とりあえず、基本となる構えだ。後ろ手を太ももの付け根の位置、前の手は腰から拳《こぶし》三個分ほど離れた位置で薙刀を持て」

「こ、こうですの？」

「まあ、妙《みょう》に強張《こわば》ってるが……とりあえずはそれでいい」

薙刀の基本となる中段の構え。これに関しては流派も何もない、ただの一般的《いっぱんてき》な構え方だ。最低限、これができていなければ薙刀など使えるはずもない。

「こ、これでどうすればよいでしょうか？」

「まずはこの中段の構えを覚えておけ。で、現状では、この型で戦うには少々距離《きょり》が近すぎる」

「だ、ダメではないですか！」

「まあ、できなくはないんだが、この状況《じょうきょう》で相手から切っ先を離すとすぐに襲《おそ》い掛《か》かってくるからな……というわけで、次の構えだ」

それに対応できる技量があればいいのだが、それを伊織に求めるのは酷《こく》というものだろう。ここから突きで距離を離して攻撃に転ずればいい、と言いたい所だが、こいつが突きをするとその途端《とたん》にへっぴり腰に戻《もど》りそうな気がする。

というわけで、俺は薙刀の石突を掴んだまま、切っ先の位置が変わらぬように上へと持ち上げていた。

「薙刀の刃を上向きに、後ろ手は耳の後ろに構えろ。これが下段の構えだ。相手の足、股《また》を狙う構えだな」

「な、成程……これで攻撃をすればよろしいのですか？」

「そういうわけだな」

言いつつ、俺は掴んでいた石突を離す。自由になった薙刀は、先ほどのように不安定に揺れている様子はない。

最低限は構えられているだろう。その様子を確認《かくにん》して、俺は再び指示を飛ばしていた。

「相手の顎《あご》下の地面を狙え。腕で薙刀を押し出すのではなく、摺り足で前足を前進させながら薙刀を押し込め！」

「は、はいっ！」

唐突に、強く声を上げる。その声に反応し、伊織は反射的にその言葉に従っていた。

突き出された刃は、指示通り蜘蛛の顎下の地面へと突き刺さる。

これが石の地面だったら腕が痺《しび》れていたかもしれないが、幸いここの地面は土で、しかも柔《やわ》らかい腐葉土《ふようど》だ。

突き刺さったところで、少女の膂力《りょりょく》でも十分に動かすことができる。

眼前に刃が突き刺さったことで、蜘蛛《くも》は警戒するように後退しようとする。その瞬間、俺は再び叫《さけ》ぶように命じた。

「右手を下げて左手を上げる！」

「はい！」

最早《もはや》指示に疑問を持つ余裕《よゆう》もないのだろう、伊織は反射的に指示に従い、薙刀を強く振り上げていた。

突きと払《はら》いを連動して繰《く》り出せるのは薙刀の強みだ。腕の位置を変えるだけで、体を崩《くず》さぬままに払いを放つことができる。振り上げられた薙刀の刃は蜘蛛の口元を掠《かす》め、緑色の体液を飛び散らせた。

だが、さすがに頭を断《た》ち割《わ》ることはできなかったようだ。衝撃《しょうげき》に仰《の》け反《ぞ》っているが、致《ち》命傷《めいしょう》には及《およ》んでいない。しかし、距離が開いたならばそれで十分だ。

「構えを中段に戻せ！」

「はいっ！」

「そのまま、右足で前に出つつ石突で払う！」

「――っ」

ほんの僅かに逡巡《しゅんじゅん》したものの、伊織は指示通りに前に出て、後ろにあった石突で蜘蛛の体を打つ。先ほど仰け反って体勢を崩していた蜘蛛は、その一撃に反応できずに横合いからの一撃を受けて地面に叩きつけられる。

そしてその時点で、薙刀の刃は振り上げられた状態となっている。ここまで来れば、後はそれを叩きつけるだけだ。

「刃を振り下ろせ！」

「はいッ！」

最早指示を反射的に聞き入れ、伊織はもう一歩前へと出ながら薙刀を振るう。

断頭台のごとく振り下ろされた刃は、動きを止めていた蜘蛛を逃《のが》すことなく捉え――そのＨＰを全損させていた。

綺麗《きれい》に頭を断ち割ったのだ、ＨＰが残っていても即死《そくし》だっただろう。

「よし、よくやった。そんな所だろう」

「お、おお……こ、こんな簡単に倒せるものなのですね」

「そりゃそうだ。三倍段とは言うが、基本的に薙刀はかなり優秀《ゆうしゅう》な武器だぞ。自分の距離で戦いさえすれば、これほど強力な武器もない」

斬撃、打撃《だげき》、刺突を全《すべ》て補うことができる薙刀は、使いこなしさえすれば強力極《きわ》まりない武器だ。

久遠神通流戦刀術でも、いくつか対薙刀《たいなぎなた》戦用の技を用意しているぐらいには、相手にするのが難しい武器なのである。まあ、手札が多いということは、それだけ習熟するのに時間がかかるということでもあるのだが。

全ての武器を極めたあのクソジジイがどれほどの実力を有していたのか――今更《いまさら》語るまでもないことか。

「基本的にはあと三つほど構えがあるが……攻撃を繰り出したあと、最も近い構えに体勢を整えることが重要だ。中途半端な体勢というのが一番まずい」

「そんなに構え方があるのですか……」

「まあな。というかお前さん、さっきあんまり意識せずにそのうちの一つを構えていたぞ？」

「え？　い、いつのことですの？」

「柄払《つかばら》いで体を反転させた時だ。反射的に、刃を上に振り上げた体勢になっていただろう？　あれは八相の構えという、相手に斬りかかる時に用いる構え方だ」

あの時点で体勢が崩れていてもおかしくなかったのだが、伊織は案外きちんと八相の構えを取ることができていた。

まあ、多少崩れていても、あの状態からならば相手を仕留めることができていただろうが……きちんと構えられていたからこそ、蜘蛛に止めを刺しても体勢を崩さずにいられたのだ。最初は向いていないのかと思ったが……案外、運動神経はいいのかもしれない。反射的に効率の良い体勢を取れているのがその証《あかし》だろう。

「他には上段の構え、脇構えといったところか。これらはかなり攻撃的《こうげきてき》な構えだが、扱いが少々難しい。まず上段は、刃を後ろにして頭上に構える持ち方だな」

蜘蛛からアイテムを剥《は》ぎ取《と》っている伊織を立たせ、薙刀を構えさせる。

上段の構えは中々に勇ましい体勢ではあるのだが――

「……振り下ろして斬りかかる体勢ですわよね？　八相の構えとはどう使い分けるのですか？」

「こちらの方が威力は高い。遠心力と薙刀の重さを丸ごと伝えるわけだからな。それと、上から来た相手の攻撃を受け止めつつのカウンターも可能だが……初心者には難しいだろうな。見ての通り胴が空くから、隙《すき》も大きい。相手が大きな隙を晒《さら》していたら、渾身《こんしん》の一撃を当てる時にでも使え」

初心者の伊織には使うタイミングの少ない構えだろう。動きの流れから上段に変わるということは中々ないからな。

「それと脇構え。中段の構えと似ているが、刃を後ろ側にして寝《ね》かせる。構えてみれば分かるが、横薙《な》ぎを放つための構えだな。武器のリーチを隠す意味もあるが、まあこれは状況に応じて使えるだろう」

「成程《なるほど》……」

言われた通りに構えてみせる伊織の姿に、俺は満足して頷《うなず》く。まだまだ甘《あま》いが、これでとりあえずの基本は押さえられただろう。

「ま、基本はこんなところだ。とりあえずは構えを崩さないことを気をつけていればいい。分かったら、次の実戦練習だ」

「ちょ、ちょっと待ってくださいませ！　まだきちんと覚えられては――」

「俺は待ってもいいが、敵は待ってくれんぞ？　襲ってくるのは向こうからだからな」

「うう……っ！」

くつくつと笑いつつ、再び林道を進み始める。

このフィールドもまだまだ中盤《ちゅうばん》といったところだろう。ボスに辿《たど》り着《つ》くまでには、動きにも慣れてもらいたいものだ。

「な、何とか頑張《がんば》りますわ……ともあれ、ありがとうございます、クオンさん」

「多少は教えると約束したからな。お前さんが多少なりとも戦えんと、ボスに辿り着いた時にも面倒だろうし」

「ご、ご迷惑《めいわく》をおかけしました……」

「何、ボスに着くまでにマシになっていれば問題はないさ」

ヒラヒラと手を振りつつ、伊織と共に先へと進む。

確かに敵はそれほど強くはないし、今の所イノシシと蜘蛛しか出現していない。たまに樹上にリスがいるのを見かけるが、あいつらはこちらに対して攻撃を仕掛《しか》けてこないタイプの魔物らしい。

《識別》を行うと魔物と表示されるのだが、状態はどれもパッシブに固定されており、魔物というよりは普通《ふつう》の動物と変わらない状態だ。

「そこそこ敵は出てくるが、やはり弱いな。ここにはイノシシと蜘蛛しかいないのか？」

「いえ、あと一種類いるのですが、これだけはちょっと厄介《やっかい》な敵でして」

「厄介？　と言うと――」

伊織の言葉に返答しようとし――感じた殺気に、俺は反射的に太刀を振り上げた。振り上がった刃は硬い感触《かんしょく》に衝突《しょうとつ》し、それを瞬時《しゅんじ》に断ち切る。

この感触は……木の枝、か？

僅かに驚きつつも攻撃の方へと向き直った俺の目に入ってきたのは――不気味に蠢《うごめ》く一本の木だった。

■トレント
種別：植物・魔物
レベル：3
状態：アクティブ
属性：なし
戦闘位置：地上

どうやら、伊織の言うもう一種類というのはこいつのことらしい。

今までにはないパターンの敵に驚きつつも、俺は笑《え》みを浮《う》かべてトレントへと突撃《とつげき》した。

トレントという名の魔物。その姿は、ほぼただの樹木であるといっても過言ではないだろう。注視してみれば、周囲にある木々よりも若干《じゃっかん》太く、そして低い。だが、木々の中に存在するこれを見つけ出すのは中々に困難なはずだ。

木を隠すなら森の中、とはよく言ったものである。だが――

「タネが割れりゃ、それまでだな」

その場から移動できるのかどうかは知らないが、木である以上、機敏《きびん》に動き回るということは不可能だろう。事実、トレントはその場から動かずに、こちらに向かって枝を振《ふ》ってきている。

硬質《こうしつ》な枝が鞭《むち》のようにしなる姿には違和感《いわかん》を覚えたものの、所詮《しょせん》相手は木だ。高々木の枝程度、切り払ってしまえばそれまでの話である。

「しッ――」

枝を切り払った勢いで、体勢を低く構えつつ駆《か》ける。

残る枝の攻撃が頭上を通過していくのを感じながら、俺はトレントへと接近した。

若干顔のようにも見える窪《くぼ》み――そこへと向けて、俺は構えた刃を振るう。

「――《生命《せいめい》の剣《つるぎ》》」

だが、ただ斬りつけるだけでは芸がない。

持っているスキルも、育てておくべきだろう。そう判断した俺は、昨日教わったスキルを発動させた。

己《おのれ》自身のＨＰを削《けず》り、太刀に淡《あわ》い金色の燐光《りんこう》を纏《まと》う。そのまま振るった刃は、トレントの幹を大きく抉るように斬り裂《さ》いていた。だが、さすがは樹木というべきか、相応にタフな様子であり、未だＨＰを残している状態だった。それでも、動きが鈍《にぶ》いのならばもう一発程度は問題ない。

「《収奪《しゅうだつ》の剣》！」

返す刃に、今度は黒い靄《もや》を纏わせる。

そのまま振るった一閃は、先ほどの傷跡《きずあと》をなぞるように食い込み、更《さら》に深く傷を刻む。

《生命の剣》を使った時よりも、やはり傷跡は浅いが――それでも、レベルで言えばこちらがかなり上。

トレントも、二撃目までは耐《た》えられなかった様子であり、傷跡からへし折れるようにその場に倒《たお》れていた。

『レベルが上昇《じょうしょう》しました。ステータスポイントを割り振ってください』

『《刀》のスキルレベルが上昇しました』

『《生命の剣》のスキルレベルが上昇しました』

『《収奪の剣》のスキルレベルが上昇しました』

「ふむ、物足りん相手だが……スキルの方は上々だな」

「……奇襲《きしゅう》を受けたら、距離を取って遠距離《えんきょり》から潰《つぶ》す相手なんですけどね、トレントって。しかし、度々《たびたび》見ましたけど、強力なスキルですわね」

「そうだな。教えてもらった甲斐《かい》があった。自分でHPを減らせるのも都合がいいしな」

何しろ、HPを減らさなければ《収奪の剣》を使う意味が全くないのだ。一応たまには使う場面もあったのだが、《生命の剣》を習得する前と後では雲泥《うんでい》の差である。

《収奪の剣》を使うために多少はMPを消費するが、それも《MP自動回復》によって自然と回復する。一度使った程度なら、次の戦闘に入るまでには全快していることだろう。

「道場の話は聞いたことがありますわ。武器の扱いに慣れていないプレイヤーが行くと、基本を教えてくれるとか。けど、そんなスキルを教えていただけるなんて、聞いたこともありませんわよ？」

「そうなのか？　普通に教えて貰《もら》えたけどな？」

「何か条件があるのでしょうか……」

腑《ふ》に落ちない様子で伊織《いおり》は呟《つぶや》いているが、これに関してはある程度予想が付いていた。

思いつくことは二つ。一つは、《収奪の剣》――または、これをはじめとする三魔剣《さんまけん》の前提スキルを有していること。そしてもう一つは、あの師範《しはん》たちに対して模擬《もぎ》戦で勝負することだ。

まあ正直なところ、他のプレイヤーに易々《やすやす》とできることではないと考えている。あの連中には奥伝《おくでん》――久遠神通流《くどうじんつうりゅう》の奥義《おうぎ》たる、俺の切り札を切らされたのだから。つまるところ、あれらの技を一つも修めていない緋真《ひさな》では、あの連中の相手をすることは難しいということになる。

あいつら、一体何レベルあったのだろうか。

「まあ、そのうち誰《だれ》かしら発見するだろ」

「解明する気はないのですか？」

「興味はないな。別に、使える人間が俺しかいないことにこだわりがあるわけじゃないが……そんなことで一々時間を割《さ》いていたら、せっかくのプレイ時間が勿体《もったい》ない」

「……成程。まあ、それはクオンさんの自由ですものね」

伊織は、俺のスタンスは特に咎《とが》めるつもりはないらしい。

少々込み入った話もしているんだが、やはり彼女《かのじょ》は必要以上に踏《ふ》み込んではこないようにしているみたいだな。

現実での話だけでなく、ゲーム内ですらそのスタンスを貫《つらぬ》いているのなら、こちらもあまり余計なことを話さないようにしておくとしよう。あまり、気を逸《そ》らすような話をしすぎても、彼女にとっては邪魔《じゃま》になるだろうしな。

「ともあれ、さっさと進むとしよう。目標はそこらの雑魚《ざこ》じゃないんだからな」

「え、ええ。分かっておりますわ」

俺が歩き出すと共に、伊織は若干慌《じゃっかんあわ》てながら俺の後を小走りで付いてくる。

俺が教えた薙刀の基礎《きそ》も、未熟ながらとりあえず意識して使っているようであるし、一人で敵に襲われてもなんとかできるとは思うのだが。まあ、流石に少しずつ消耗《しょうもう》していくだろうから、一人で放置しておくと厳しいかもしれんな。

「さて……楽しませて貰うとするか」

伊織を背後に、俺は小さく、口元に笑みを浮かべた。

＊　＊　＊　＊　＊

『《強化魔法《まほう》》のスキルレベルが上昇しました』

『《生命の剣》のスキルレベルが上昇しました』

　まあ正直なところ、道中についてはあまり面白《おもしろ》いわけではない。やはり、北の平原の方が魔物《まもの》は強いということなのだろう。あっちでさえあの程度の強さだったのだ、それ以下と言われていたこの森にはあまり期待できるものではない。

　蜘蛛も猪も木も、種が割れてしまえばそれだけの敵だ。だからこそ、期待できるのはこの石柱の先だけということになる。

「んで、気を付けることがあるんだったか？」

「はい、グレーターフォレストスパイダーは、前肢《ぜんし》や噛《か》みつきによる攻撃《こうげき》のほかに、お尻《しり》の先端《せんたん》から糸を飛ばす攻撃をしてきますわ。糸に捕《つか》まると、刃物《はもの》でも斬《き》ることは困難です」

　伊織の言葉を咀嚼《そしやく》しながら、俺は首肯《しゆこう》を返す。

　まあ、蜘蛛と言うのだから、今までの蜘蛛共が糸を使ってこなかったこと自体がちょっと不可解だったわけだが。

まあ何にせよ、尻からしか出せないというのであれば、いくらでも対処は可能だ。

「後は、フィールドに卵が配置されていて、一定時間経《た》つとフォレストスパイダーが出現しますわ。放置しておくと、フィールドが蜘蛛で埋《う》め尽《つ》くされることになります」

「……見たくねぇ光景だな」

「同感ですわ。なので、わたくしはこの卵を潰して回りたいと思います」

「その間、俺がボスと戦ってればいいってわけか」

まあ、面倒《めんどう》が少なくて済むというのであれば否はない。

そもそも、あの程度の腕《うで》で隣《となり》に並ばれても、正直邪魔にしかならないだろう。流石に、それを面と向かって言うつもりもないが。

「それで、他には特にないのか？」

「後は……そうですわね。一応、噛みつき攻撃には注意しておくべきかと思いますわ。アレを受けると毒状態になってしまいますので」

「毒ねぇ。まあ、確かに喰らったら面倒か」

まあ、最悪《収奪の剣》を使って回復し続けながら戦えばいいのだが、さすがにある程度は動きが鈍ってしまうだろう。クソジジイのせいで酷《ひど》い目に遭《あ》った記憶《きおく》を思い出し、俺は思わず眉根《まゆね》を寄せた。それだけで対応しきれなくなるほど肉体制御《せいぎょ》が甘いつもりはないが、喰らわないに越《こ》したことはないだろう。

尤《もっと》も、流石にそんな大振《おおぶ》りな攻撃を喰らうつもりもないが。

「ま、何とかするさ。注意事項《じこう》はそれで終わりか？」

「ええ、他には特に。搦手《からめて》を除いてしまえば、北の平原のボスよりは弱いですわ」

「そういえばそうだったな。ただ弱いだけじゃないってのは安心したが」

緊張感《きんちょう》のない戦いなどつまらない。だからこそ、弱い相手には興味など持てないのだが、搦手を使ってくるとなれば話は別だ。

戦力の差をあの手この手を使って補ってくるのであれば、それを見極《みきわ》めて攻略《こうりゃく》するのは遣《や》り甲斐《がい》がある。

まあ、まだ序盤《じょばん》のステージであるこの森の中で、そこまで悪辣《あくらつ》な手を使ってくる奴《やつ》がいるとは思えないが。

「よし、それじゃあ行くとするか」

「はい、よろしくお願いしますわ」

俺の言葉に、伊織は緊張感を滲《にじ》ませながら頷く。

きちんと覚悟《かくご》を決めた様子であることに満足しつつ、俺は彼女を伴《ともな》って石柱の向こう側へと歩を進めた。

瞬間《しゅんかん》、空気の気配が変わったことを感じる。これまでいたエリアでは感じ取れていた、森に棲《す》まう動物たちの気配――それらが、一瞬《いっしゅん》にして消え去ってしまったのだ。

まるで模型の森であるかのように、この中には生きる物の気配を感じない。

「来ますわ……《エンチャント：ファイア》！」

「む？　《付与魔法《ふよまほう》》か」

木々のない、広場のような空間。

そこに足を踏み入《い》れると同時に、伊織は己と俺の武器に対して、付与魔法の呪文《じゅもん》を発動した。その発動と同時に、二つの武器が紅の炎《ほのお》を纏い始める。しかしながら、持ち手には熱を感じることはない。これならば、武器を振るうのに支障はないだろう。

「あいつの弱点は火です。お気をつけてください」

「ああ、期待には応《こた》えてやるとしよう」

こちらも魔法の準備をしながら、広場の中心へと歩を進める。

周囲の木々は、その葉の上から繭《まゆ》のようにうっすらと白く染まっていた。どうやら、あれが蜘蛛の糸であるようだ。

よくよく見てみれば、白く糸が付着している木々の周りには、いくつもの白い物体が配置されている。どうやら、あれが伊織の言う卵とやららしい。

ざっと数えた限りでも二十個近くはあるだろう。アレがまとめて孵化《ふか》してきたら、流石に対処は面倒だ。まあ、それはそれで面白い戦いになりそうではあるのだが、今回は伊織がいる。あまり無茶《むちゃ》はしない方がいいだろう。

そして、その糸と卵を張《は》り巡《めぐ》らせた張本人は――

「上か」

頭上から落下してくる気配に、俺は小さく笑みを浮かべて太刀《たち》を構える。

恐《おそ》らく、この広場の頭上部分に糸を張り巡らせていたのだろう。そこから降りてきたのは――横幅《よこはば》にして三メートルはあろうかという、巨大《きょだい》な黒い蜘蛛。

■グレーターフォレストスパイダー

種別：虫・魔物

レベル：8

状態：アクティブ

属性：なし

戦闘《せんとう》位置：地上・樹上

まるで鎌《かま》のように鋭《するど》く尖《とが》った二つの前肢を振り上《あ》げ、八つの紅眼《こうがん》を妖《あや》しく輝《かがや》かせながらこちらを威嚇《いかく》する黒蜘蛛。

成程、確かにこれは虫嫌《ぎら》いにはなかなかきつい見た目だろう。黒くはあるが、不自然なほどに黒いわけではない。これが森の木々の陰《かげ》に潜《ひそ》んでいた場合、見つけるのはなかなか困難だろう。尤も、この広場に姿を現している時点で、その体色も全く意味がないのだが。

まあこいつの生態が何であれ、俺にはそんなことは関係ない。精々、楽しませて貰うとしよう。

「――【シャープエッジ】！」

笑みと共に、強化魔法の呪文を発動させる。雀《すずめ》の涙《なみだ》であろうが、攻撃力《こうげきりょく》を上げておいて損などあるはずがない。

どのように解体してやろうかと考えながら、俺は二色の燐光を纏う太刀を手に、巨大な蜘蛛へと斬《き》り込んだ。

第十四章　黒蜘蛛との戦い

大きく前肢を振り上げて威嚇する黒蜘蛛。

しかし、その威嚇を無視し、俺はすぐさま黒蜘蛛の懐《ふところ》へと飛び込んだ。

『シャアアアッ！』

無論、それを静観するようであれば、魔物としては失格だろう。

黒蜘蛛は俺の接近に合わせ、左の前肢を俺の頭上へと向けて振り下《お》ろしてくる。

ギラリと鈍く輝くその切っ先は、鋭い鎌以外の何物でもない。直撃《ちょくげき》すれば、容赦《ようしゃ》なく串《くし》刺《ざ》しにされることだろう。しかし、俺もそれを黙《だま》って受けるつもりなど毛頭ない。

（位置が高すぎてちとやり辛《づら》いが――）

若干タイミングを遅《おく》らせながら、横薙ぎに太刀を振るう。

狙《ねら》うのは、振り下ろされてくるその切っ先。そこへと向けて、俺は太刀の柄尻《つかじり》を叩《たた》きつけた。

斬法――柔《じゅう》の型、流水《りゅうすい》・指削《ゆびそぎ》。

柄尻にて相手の刃《は》を押《お》し、その軌道《きどう》を逸らす。それと同時に衝突の反動によってこちらの一閃《いっせん》は軌道を変え、俺の太刀の切っ先は、刃のような前肢の関節へと吸い込まれていた。

受け流しと攻撃を同時に行う、流水の派生形。失敗すればその場で斬られてしまうため、非常に難易度の高い業《わざ》ではあるのだが、その分リターンは非常に大きい。

本来は脇差《わきざし》や小太刀《こだち》を用いて行い、相手の親指を斬り落とすことを目的とした業だ。親指がなくなれば、剣《けん》を握《にぎ》ることはできなくなる。それゆえの、ある種の必殺とも呼べる技術だ。

しかし――

「ちっ、硬《かた》いか」

刃は僅《わず》かに通ったものの、前肢を切断するには至らず。今の一撃《いちげき》で斬り落とせていればかなり楽だったのだが、流石《さすが》にそこまで都合良く事が進むわけではないか。

だが、今のでこいつの膂力は把握《はあく》した。これならば、対処のしようはあるだろう。

『ギギ……ッ！』

木の枝が擦《す》れるような鳴き声を発し、黒蜘蛛は反射的にその手を引っ込める。

痛みを感じたなら当然の反応であるが、硬い前肢という障害物が退いたならば好都合だ。

斬法――柔の型、月輪《がちりん》。

振り抜《ぬ》いた体勢から刃を持《も》ち替《か》え、その状態から手首の動きのみで刃を縦に旋回《せんかい》し、振り下ろす。

それはまるで満月を描《えが》くように、体幹を一切《いっさい》動かさずに放つ不動の剣術《けんじゅつ》。

手首に注視しなければ予備動作は見えず、達人級ですら見極められぬことの多い一撃だ。

その一閃は、障害物のなくなった蜘蛛の顔面へと瞬時に振り下ろされ、その目の一つに食い込んでいた。力を込めづらい一撃であるため、大した威力《いりょく》は発揮できないのだが、それでも硬くない肉を裂くことぐらいは容易《たやす》い。

そして刃が目に食い込んだ瞬間、俺《おれ》は刃の勢いを一気に殺し、刃が突《つ》き刺《さ》さった状態で太刀を制止させる。

「――死ね」

そのまま、摺《す》り足《あし》で前進。腰《こし》だめに構えた形の燃える太刀を、眼窩《がんか》の奥へと押し込むように突き刺す。

この一撃で、確実に殺すという殺意を込めて――

『ギィイイイッ！』

だがその瞬間、黒蜘蛛は一気に跳躍《ちょうやく》して、後方へと退避《たいひ》していた。

流石に、そうあっさりと仕留めさせてはくれないようだ。危険を察知した黒蜘蛛は、目を潰された時点で離脱《りだつ》を決意していたらしい。目を焼かれることで反射的に反応したのかもしれないが、何にせよ上手《うま》く回避《かいひ》されてしまった。

まあこちらとしても、そんなすぐに終わってしまっては面白くない。仮にもボスなのだ、多少は楽しませて貰わなくては。

「さて、どう出る？」

重心を一切揺《いっさいゆ》らさず、黒蜘蛛へと向けて滑《すべ》るように接近しながら、太刀は蜻蛉《かげろう》の構えへ。いつでも飛び込める体勢を作りながら、じりじりと距離を詰《つ》める。黒蜘蛛は近づいてくる俺の姿に警戒《けいかい》しているのか、体勢を低くしながら動きを止めていた。

そして――その臀部《でんぶ》が、天高く振り上げられる。

「――――ッ！」

歩法――烈震《れっしん》。

背筋に戦慄《せんりつ》が走り、俺は反射的に前へと踏み出《だ》した。

体を低く、全体重を前進する推進力へと変える。流石に霞《かすみ》の構えの時よりはスピードが落ちるが、それでも十分すぎるスピードを以《もっ》て黒蜘蛛へと突進《とっしん》する。

――そんな俺の頭上を、白い何かが貫くように通り過ぎていった。

「やはり糸か！」

俺の頭上を通り過ぎていったのは、黒蜘蛛が尻の先端から放った糸だった。

幾条《いく》にも分かれて網《あみ》のように広がるそれは、あえて接近していなければ大きく回避する必要があっただろう。それに、もしも踏み込むタイミングが一瞬でも遅れていれば、下側に広がった糸に接触《せっしょく》していたかもしれない。

己自身の直感に喝采《かっさい》しながら、俺は肉薄《にくはく》した黒蜘蛛へと向けて太刀を振り下ろした。

『ギギッ⁉』

糸を放つ体勢だった黒蜘蛛は、臀部を大きく持ち上げ、体を伏《ふ》せた状態になっている。即《すなわ》ち、武器である二本の前肢すら、地面に張り付けた状態になってしまっているのだ。無論、この状態で肉薄されることなど想定していない姿勢だろう。

黒蜘蛛は、肉薄した俺に驚《おどろ》いたような鳴き声を上げ、反射的に前肢で頭を庇《かば》っていた。頑丈極《がんじょうきわ》まりない刃のような前肢であるが――一度傷をつけたならば、そこを狙えば済む話だ。

「――《生命《せいめい》の剣》」

HPが減り、刃が金色の燐光を纏う。

その輝きと共に、俺は黒蜘蛛の前肢、その関節へと向けて刃を振り下ろした。

太刀は空間に金色の軌跡《きせき》を残しながら、突進の勢いと全体重を乗せ、黒蜘蛛の関節へと食い込んで刃を滑らせる。その一閃によって、黒蜘蛛の左前肢は関節から完全に切断されていた。

『ギィィイ――――ッ！』

緑の体液が飛び散り、悲鳴のような声が上がる。

それを聞きながら、俺は大きく足を踏み込んで体勢を安定させ、その踏み込みの力を以て剣閃を反転させた。振り下ろされた刃は、体勢を立て直すと同時の振り上げによって、さっきとは全く逆の軌道をなぞるように振り上げられる。

狙うは、蜘蛛の頭――だが、その一撃は偶然《ぐうぜん》にも振り回《まわ》された右前肢によって阻《はば》まれた。

「ちっ……」

舌打ちし、俺は一歩後退する。

阻まれたのは偶然だろうが、ここで鍔《つば》迫《ぜ》り合《あ》いをしても仕方あるまい。力で言えば、恐らくは相手の方が上だ。正面から馬鹿《ばか》正直《しょうじき》に立ち合うのは不利だろう。

ともあれ、武器を一つ奪《うば》った。相手の取れる選択肢《せんたくし》は、これで一つ減ったのだ。

黒蜘蛛は目の赤をさらに濃《こ》くしながら、糸を切《き》り離《はな》して立ち上がる。そしてそのまま、右の前肢を振り上げて、俺へと向けて薙ぎ払いを放っていた。

「そっちか」

これに関していては予測していた行動の一つであるため、もう二歩後退して攻撃の範囲《はんい》から離れる。しかし、黒蜘蛛は俺を追いかけるように前進し、左の前肢を振るっていた。

「はっ、そりゃ残念だったな」

その動きに、俺は笑みを浮かべながら前進した。

本来、右左と連続して前肢で攻撃を行うというパターンだったのだろう。だが、生憎《あいにく》と左の前肢は半ばから斬り落とされている。その状態では、攻撃などできるはずもない。

勢い良く前肢を振るい、体を傾《かたむ》けた黒蜘蛛へと肉薄し、俺は奴の左足のうちの一本へと刃を振り下ろした。

「もう一度だ、《生命の剣》」

再びＨＰを削り、一撃の威力を高める。

そして八相の構えから振り下ろされた一閃は、前肢よりも細いその足を関節から断ち切っていた。それを間近で確認《かくにん》した俺は、振り下ろした瞬間に太刀から左手を離し、逆手のままに小太刀を抜き放つ。

そして――

「――《収奪《しゅうだつ》の剣《つるぎ》》」

『シャアアアアッ！』

怒《いか》りのままに振り向《む》こうとした黒蜘蛛《ぐも》、その横《よこ》っ面《つら》にある最も巨大な目へと向けて、小太刀を突き刺し、抉《えぐ》る。

恐らくこちらに噛みつこうとしていたのだろう。だが、それはこちらにとっても狙いやすい的が向かってくることに他《ほか》ならない。そのチャンスを、遠慮《えんりょ》なく狙わせてもらった。

小太刀には《収奪の剣》をかけ、ついでにＨＰも回復しておく。《死点撃《う》ち》の効果によってダメージも上がり、十分すぎる量のＨＰも回復することができた。

『ギィィイイイイイイイッ！』

体を仰《の》け反《ぞ》らせて頭を振り、小太刀を振り払《はら》おうとする黒蜘蛛。だが、それでも深く突き刺さった小太刀が抜けることはないだろう。

そしてそちらが動きを止めているなら——

「もう一本、貰うとするか。《生命の剣》」

再び《生命の剣》を発動し、目の前にあるもう一本の足を切断する。

流石に片側に四本あるうちの三本を斬り落とされては体勢を保てなかったのか、黒蜘蛛はバランスを崩《くず》して地面に叩き付《つ》けられていた。

『ギ、ギ……！』

「……ここまでか」

体が伏せた状態では右前肢もうまく持ち上げられないのか、黒蜘蛛は呻《うめ》くような鳴き声を上げるだけで動きが止《と》まる。

その姿を見下ろして、俺は視線を細めながら上段へと太刀を構えた。他にも手があるのかどうかは知らないが——満足に動けぬならば、ここで終わりにするとしよう。

こちらを見上げる黒蜘蛛を真《ま》っ直《す》ぐと見据《みす》え、俺はその頭頂へと太刀を振り下ろした。太刀は遮《さえぎ》るものもなく黒蜘蛛の頭を縦に断《た》ち割《わ》り——そのＨＰは、完全に砕《くだ》け散《ち》る。

『レベルが上昇しました。ステータスポイントを割り振ってください』

『《刀》のスキルレベルが上昇しました』

『《死点撃ち》のスキルレベルが上昇しました』

『《生命の剣》のスキルレベルが上昇しました』

インフォメーションが響《ひび》き、黒蜘蛛を完全に倒《たお》しきったことを確認する。

そこで大きく息を吐《は》き出した俺は、太刀に付着した体液を振り落《お》として武器を収めた。

そして小太刀を回収し——それと共に、黒蜘蛛の体は光の粒子《りゅうし》となって消滅《しょうめつ》する。

しかし、これでスロットが増設されたか。ようやく《斬魔《ざんま》の剣》もセットできるようになるな。

「ふむ……まあ、こんなもんか」

「お疲《つか》れ様《さま》でしたわ、クオンさん。正直、倒すのが早すぎると思いますけれども……」

と、周囲の卵を潰して回っていた伊織《いおり》が、薙刀《なぎなた》を肩《かた》に担《かつ》いでこちらへと戻《もど》ってくる。一応その気配は確認していたのだが、途中《とちゅう》から随分《ずいぶん》と急いで卵を探し回っていたようだ。

「お前さん、随分と焦《あせ》ってた様子だったが、どうかしたのか？」

「いえ、その……一応、卵を潰すのも戦闘貢献度《せんとうこうけんど》に含《ふく》まれるので、報酬《ほうしゅう》を増やすために全部壊《こわ》そうと思っていたのですが……クオンさんが想像以上に強すぎて、走り回らざるを得なかったのですわ」

「お、おお……済まんな、そりゃ知らんかった」

「いえ、わたくしも説明しておりませんでしたし、貢献度《こうけんど》のためにクオンさんに時間稼《かせ》ぎをしていただくのもおかしな話ですから」

苦笑《くしょう》する伊織の言葉に、一応こちらも頷いておく。まあ、彼女が問題視していないのならば、別に気にする必要もないだろう。

「それはともかく、報酬を確認いたしましょう。糸は出ていますか？　わたくしの方にも、一応二つ糸が出ておりますわ」

「そういえばそうだったな。ええと……ああ、こっちには七つあるぞ」

俺の方に入っていたのは大森蜘蛛の糸が七つ、大森蜘蛛の毛が八つ、大森蜘蛛の牙《きば》が二つ、大森蜘蛛の刃が一つだ。そこそこな量のアイテムが手に入ったと言えるだろうが……

この刃とかはどう扱《あつか》えというのだろうか。

■《素材》大森蜘蛛の糸
重量：2
レアリティ：2
付与《ふよ》効果：なし

■《素材》大森蜘蛛の毛
重量：1
レアリティ：2
付与効果：なし

■《素材》大森蜘蛛の牙
重量：1
レアリティ：3

付与効果：毒

■《素材》大森蜘蛛の刃
重量：6
レアリティ：4
付与効果：なし

どうも、刃はそこそこ珍《めずら》しいアイテムらしい。まあ、刀を作れそうな形でもないし、俺が使うことはないだろうが。

「九つですか……ええ、それだけあれば十分ですわね。ご協力、ありがとうございました」

「なに、こっちも見返りがあるからやってることだ。それより、さっさと戻って装備の作成に入ってくれるか？」

「ええ、勿論《もちろん》ですわ。それでは街に戻りましょう」

ともあれ、これで目標は達成だ。装備を整えたら、先に進むとしよう。

■アバター名：クオン

■性別：男

■種族：人間族《ヒューマン》

■レベル：10

■ステータス（残りステータスポイント：0）

STR：16

VIT：12

INT：16

MND：12

AGI：11

DEX：11

■スキル

ウェポンスキル：《刀：Lv.10》

マジックスキル：《強化魔法：Lv.7》

セットスキル：《死点撃ち：Lv.8》

《ＨＰ自動回復：Lv.3》

《ＭＰ自動回復：Lv.3》

《収奪の剣：Lv.5》

《識別《しきべつ》：Lv.8》

《生命の剣：Lv.5》

《斬魔《ざんま》の剣：Lv.1》

サブスキル：《採掘《さいくつ》：Lv.1》

■現在ＳＰ：6

第十五章　エレノアからの依頼

『《ＨＰ自動回復》のスキルレベルが上昇しました』

街に戻ってくるまでに、またちょくちょくと敵を倒していたのだが、あまりレベルは上がらなかった。まあ、レベルも10に到達《とうたつ》したのだし、それほど焦る必要もないと言えばそれまでなのだが。

ともあれ、目的を達成した俺たちは、その足でエレノアの天幕まで戻ってきていた。

途中で声を掛《か》けられることもしばしばあったものの、用事があるからとそこはスルー。こちらも用事があるんだ、構っている暇《ひま》などない。

「おかえりー、先生さん、いおりん」

「予想通り、早かったわね」

「ただいま戻りましたわ、フィノ、エレノアさん」

戻ってきた俺たちをいの一番に出迎《でむか》えてくれたのは、この天幕ではよく顔を合わせる面々だった。後ろの方では、どうやら勘兵衛《かんべえ》が精算の準備をしているらしい。

しかし、フィノにしろエレノアにしろ、かなり忙《いそが》しい人物の筈《はず》なのだが、よくこっちの相手ばかりしてくれるものだ。

——とまあ、そこまで都合良く考えるほど気楽な性格はしていないわけだが。

どちらにせよ、エレノアはこちらに対して不利益をもたらそうとしているわけではないだろう。何をするつもりなのかは、彼女の話を聞いてみなければ分かるまい。

「さて、クオンさん。貴方《あなた》は、オーダーメイドでのアイテム発注は初めてよね？」

「ん？　まあ……それはその通りですがね」

「そういう場合は、《書記官》のスキルを持ったプレイヤーが作成した契約書《けいやくしょ》で取り決めをするのよ。その方が、後で揉《も》め事《ごと》がないし、記録が残るから」

「成程《なるほど》、しっかりしている。それで、その《書記官》持ちがそこの彼《かれ》だと？」

「そういうことよ、勘兵衛」

「あいよ、姐《あね》さん」

エレノアに促《うなが》され、進み出た勘兵衛が、俺たちの前に置かれた机の上に一枚の羊皮紙を広げる。どうやら、これが契約書とやららしい。今は何も記入されていないが、ここにはこちらから提供するアイテムや金銭に関する取り決めを記入するようだ。

羊皮紙を覗《のぞ》き込んでみれば、そこに何かを書き込むのではなく、上にウィンドウが表示されている。ウィンドウは二つ、その内右側のウィンドウには、『オーダーメイド装備』と記載《きさい》されていた。

「で、どういう分配だ？　アンタの方が多めにアイテム手に入れてるんだろ？」

「まあ、確かに。ええと、とりあえず俺が提供するのは大森蜘蛛の糸を七つか」

「わたくしからは、大森蜘蛛の糸製の着物、袴《はかま》、羽織、鉢金《はちがね》になりますわ」

「あいよ、っと。まあ当然ながら、加工品の方が高価なんで、クオンは金も入れる必要がある」

「当然だな。それで、幾らぐらいになる？」

「そうだな……」

呟き、勘兵衛はそろばんを弾《はじ》き始める。

右側のウィンドウには装備アイテムの四種が、左側のウィンドウには俺の出す糸が配置されている。どうやら、糸をスキルが金額化させているらしい。

今の時点で足りない値段が記載され――更《さら》に、依頼料《いらいりょう》だの特別対応だのの金額が左側のウィンドウに追加された。

ところで、そのそろばんはわざわざ作ったのだろうか。確かに構造自体はそれほど難しいわけではないのだが、そこまでせんでもいいのではと眉根を寄せる。

しかし、勘兵衛はそんな俺の視線に気づく様子もなく、小気味のいい音を立てながら計算を終える。どうやら、リアルでもそろばんを扱っているらしい。中々に早い計算だった。

「ボス素材でのオーダーメイド、現状における布装備では最上位だ。しかも、伊織《いおり》の腕は布職人でもトップクラス。当然、値段は高くなるな」

「……ま、背景は分かった。幾らなんだ？」

「メイン装備である着物と袴はそれぞれ七万ずつ。頭装備になる鉢金は五万、装飾品扱《そうしょくひんあつか》いの羽織は二万だ。合計二十一万って所だな」

「そいつはまた、結構行くもんだな」

払えない額ではないが、手持ちの金の半分近くが飛んでいくほどの額になってしまった。

事前に勘兵衛からの説明があったからこそ納得《なっとく》できるものではあるのだが、現状の装備とはえらい違《ちが》いだ。これは、攻略が滞《とどこお》っているせいでアイテムのランク自体が上がらず、流通する通貨だけが増え続けてインフレ気味になっているのではなかろうか。

内心でそう考えて沈黙《ちんもく》し――そこで、若干慌てたように伊織が声を上げていた。

「あ、あの、クオンさんにはお世話になりましたし、これはわたくしからの依頼のようなものです。金額については勉強させていただきますわよ？」

「ん、ああいや、別に構わんさ。それより、金に糸目をつけずにいいものを作ってくれた方がありがたい。金額についてはそれで構わんぞ？」

「そうですか？　それなら、腕によりをかけて作成させていただきますけど……」

とはいえ、これから武器も購入《こうにゅう》しなければならない。

オーダーメイドではないだろうが、フィノはかなり優秀《ゆうしゅう》な鍛冶《かじ》職人の筈だ。となれば、購入するにはそこそこな金額が必要となるはずだ。

今の手持ちの金は残りおよそ二十五万ちょっと……これだけあれば一応足りるとは思うのだが、懐が寂《さび》しくなるのは事実だろう。

そんな俺の感情を読み取ったかのように、エレノアは小さく笑《え》みを浮《う》かべて声を上げた。

「クオンさん、貴方、フィノから武器も購入するのでしょう？」

「ああ、その通りだが……」

「やっぱりね。フィノ、彼が購入する予定の物を出して」

「ん、これだよ」

そう言ってフィノが取り出したのは、俺が今使っているものとほとんど変わらないデザインの太刀と小太刀だった。尤も、拵《こしら》えには若干《じゃっかん》の差異がある。どうやら、これがフィノの言っていた鋼装備とやららしい。

「拝見しても？」

「どうぞー」

相変わらず気の抜けた様子のフィノの返答に若干脱力《じゃっかんだつりょく》しつつも、俺は受け取った太刀を抜き放った。

まず目に入るのは、磨《みが》き抜かれた美しい刀身だ。刃紋《はもん》は美しく輝く湾刃《のたれば》。僅かな歪《ゆが》みすらなく、緩《ゆる》やかな反りを描く刀身は、使っていても違和感《いわかん》なく目標を斬り裂《さ》くことができるだろう。

拵えの完成度にも満足しつつ、俺は改めて武器の性能を《識別》していた。

■《武器：刀》鋼の太刀
攻撃力：26（＋3）
重量：16
耐久《たいきゅう》度：120%
付与効果：攻撃力上昇《こうげきりょくじょうしょう》（小） 耐久力上昇《たいきゅうりょくじょうしょう》（小）
製作者：フィノ

■《武器：刀》鋼の小太刀

攻撃力：18（＋2）
重量：10
耐久度：120％
付与効果：攻撃力上昇（小）　耐久力上昇（小）
製作者：フィノ

「これは……」

「ん、自信作」

胸を張るフィノの姿を一度まじまじと見つめ、もう一度刀へと視線を戻す。

どうにも、何段階かすっ飛ばしているのではないかという性能だ。果たして、これは本当に同じ種類の武器なのかと、俺は一度現在使っている武器の性能を確認した。

■《武器：刀》黒鉄の太刀
攻撃力：18
重量：8
耐久度：76％

付与効果：なし
製作者：フィノ

■《武器：刀》黒鉄の小太刀
攻撃力：10
重量：5
耐久度：88％
付与効果：なし
製作者：フィノ

素の性能もさることながら、付与効果による上昇《じょうしょう》が素晴《すば》らしい。

これならば、前は突きでしか有効なダメージを与《あた》えられなかったあのでかい狼《おおかみ》も、あっさりと斬り裂けてしまうかもしれない。これは確かに欲《ほ》しくなる逸品《いっぴん》だ。だが——

「……これ、結構高いんじゃないのか？」

「んー、太刀が十七万、小太刀が十万ぐらい？」

「ぐぬ……っ」

足りない。ギリギリ足りない。

あの、緋真《ひさな》に付きまとっていた小僧《こぞう》が随分と金を持っているものだと思っていたのだが
……成程、いい品を手に入れるためにはそれ相応の金が必要だったということか。

しかし、どうしたものか。先ほど手に入れた蜘蛛の素材を売り払《う》えば何とか足りるだろうか――そう考えていたところに、エレノアが声を上げた。

「ねえ、クオンさん。貴方、私からの依頼を受けてみるつもりはないかしら？」

「何？　依頼だと？」

「ええ。報酬は全部で十万、前払《まえばら》い五万の成功報酬五万よ」

「……随分と気前がいいことで。それで、その依頼の内容は？」

どこか不敵な笑みを浮かべているエレノアに、僅かに警戒しながら問いかける。

そんな俺の警戒に気づいたのか、彼女《かのじょ》はぱたぱたと手を振《ふ》りながら相好を崩して告げた。

「変な話じゃないわ。ここにいる私たちを、次の街まで連れていってほしい、ということよ」

「次の街まで？　それは要するに、あの狼を倒してほしいってことですかね」

「端的《たんてき》に言えばそういうことね。私たちも一応レベリングはしているのだけど、スキル数が限られる現状、戦闘能力はやっぱり戦闘職には及《およ》ばないわ。だから護衛を雇《やと》って次の街

まで進むようにしているの」

「その護衛役を俺に、と」

エレノアの説明に納得し、首肯《しゅこう》を返す。

現状、俺もスキル数にはいろいろと苦労させられているのだ。専用のスキルが要求される生産職では、ボスを倒《たお》すのも一苦労だろう。

まあ、その分資金力では戦闘職《せんとう》とは比べ物にならぬほどの規模を有しているのだろうが。

だからこそ、金で護衛を雇うといった行動も取れるわけだ。

「成程。しかし、何故《なぜ》その話を俺に？　貴方は緋真《ひさな》とも交流があったはずですが？」

「今までは忙しかったというのもあるわ。地盤《じばん》を固めるのに奔走《ほんそう》していたから、先に進んでもあまり意味がなかったのよ。けど、それもおおよそ終わったし、そろそろ先に進んでもいい頃《ころ》なの。それと――」

一度言葉を切ったエレノアの視線が、俺の瞳《ひとみ》を射抜《いぬ》く。

どこか楽しげな、それでいて獲物《えもの》を狙うかのような、深い金色の瞳。独特の雰囲気《ふんいき》を持つ彼女の視線にさらされ、どこか落ち着かない思いを抱《だ》きながら、俺は彼女に問いかけた。

「……それと、何です？」

「現在滞っている第二ボスの攻略《こうりゃく》。もしかしたら、貴方ならあっさりと攻略できてしまうんじゃないかって……そう思っただけよ」

「そりゃまた、買《か》い被《かぶ》りすぎじゃあないですかね」

肩を竦《すく》め、苦笑する。

流石に、見たこともないボスを相手に、勝てるなどと断言するつもりはない。しかしまあ、あの狼《おおかみ》相手ならば、十分に勝てると言い切ることができるだろう。

つまりこの依頼はそれほど難しくもなく、しかしこちらには十分にメリットのある話ということだ。

「分かりました。その依頼、受けるとしましょう」

「そう、良かったわ！　それじゃあ勘兵衛、精算よろしくね。それと、クオンさん」

ポンと手を打って勘兵衛に指示を出したエレノアは、改めてこちらへと視線を向ける。

そして、その口元には柔《やわ》らかい笑みを浮かべて、こちらへと手を差し出していた。

「貴方とは、長い付き合いになりそうだわ。お互《たが》い、遠慮はなしということにしましょう」

「……そりゃつまり、他の面々に対するのと同じような対応でいいってことか？」

「ええ。貴方とは、お互い協力し合える関係であることが望ましいと思ってるわ。ただの勘《かん》だけど……私の勘って、結構当たるのよ？」

「成程、女の勘って奴《やつ》か。そいつは恐《おそ》ろしいことだが……確かに、アンタの言う通りだ」

資金力、人脈、あらゆる点において優秀な人物だ。

彼女ほどの人物であるならば、同盟を結んでおいても損はあるまい。そう確信して、俺は彼女の差し出した手を迷うことなく握った。

「よろしくお願いする、エレノア」

「ええ、こちらこそ。よろしくお願いするわ、クオン」

固く握手《あくしゅ》を交《か》わし、同盟関係を結ぶ。

今後彼女のバックアップが受けられるようになるのであれば、戦いもやりやすくなることだろう。その為《ため》にも、まずはあの犬コロを片付けてやらねば。

勘兵衛が領収書と共に持ってきた二振りの刀を手に、俺は次の街へと進む決意を固めていた。

第十六章　宿場町へ

『《生命《せいめい》の剣《つるぎ》》のスキルレベルが上昇しました』

『《収奪《しゅうだつ》の剣》のスキルレベルが上昇しました』

エレノアから依頼を受けた翌日、俺は早速《さっそく》彼女《かのじょ》の依頼の遂行《すいこう》に動いていた。

やろうと思えばあの直後でもできたのだが、エレノアたちの予定の調整、および伊織《いおり》の防具作成の時間が必要であったため、今日に延期されていたのだ。

確かに、俺が伊織の依頼を受けたのは、彼女のクエスト達成も目的の内に入っていた。それを放置したまま先に進んでしまったのでは、あの蜘蛛を倒してきた意味がないというものだ。

ともあれ、そんなこんなで装備の新調が完了《かんりょう》し、俺は生産職の面々を伴《ともな》って北側の平原へと赴《おもむ》いていた。

「ふむ、いい調子だな」

「あの、クオンさん。一撃《いちげき》で倒してしまうと、防具の性能は確かめられないのではないいんですの？」

「こいつら如《ごと》きにダメージを喰《く》らうような要素がないからなぁ」

斜《なな》め後《うし》ろから響いた伊織の声に、俺《おれ》は肩を竦めてそう返す。多少は薙刀の扱いにも慣れてきたらしい彼女も、何だかんだで狼を一匹倒《ぴきたお》していたようだ。

どうやら、パーティの人数が多いと、その分だけ出現する敵の数も増える傾向《けいこう》にあるらしい。流石《さすが》に五匹《ひき》いっぺんに出て来られると、一度に相手しきるのは難しい話だ。

幸《さいわ》い、エレノアをはじめとするメンバーはそこそこ戦えるため、俺が三匹相手をしてやれば後は自分たちで何とかできるようだったが。

「しかし、聞《き》きしに勝《まさ》る無茶苦茶《むちゃくちゃ》ぶりだな、クオン。トッププレイヤーだって、狼五匹に囲まれたらそこそこ苦労するぞ？」

「緋真《ひさな》がそんな有様だったら、俺はあいつを一から叩《たた》き直《なお》さなきゃならなくなるんだが」

「ああいや、彼女とアルトリウスの周囲の連中は別だけどよ」

勘兵衛《かんべえ》の言葉に、俺は軽く肩を竦める。

アルトリウスという名前は知らんが、緋真が腑抜《ふぬ》けていないようであるならば一安心だ。

まあ実際のところ、防具の性能がまるで分からないのは事実だし、多少攻撃《こうげき》を喰らった方がいいのかもしれないが——手加減をして攻撃を受けるというのは俺の主義に反する。

要は、俺が対処しきれなくなるほどの数や腕《うで》を持った相手が出てくればいいだけの話なのだ。それまでは、きっちり捌《さば》き切ってやるとしよう。

まあ、性能を確かめたくなる気持ちは、この新調された防具を見てるとよく理解できてしまうのだが。

■《防具：胴《どう》》大森蜘蛛糸の着物（黒）
防御力《ぼうぎょりょく》：19（＋3）
魔法防御力《まほうぼうぎょりょく》：6（＋1）
重量：3
耐久度：100％
付与効果：防御力《ぼうぎょりょく》上昇《じょうしょう》（小）　魔法防御力《まほうぼうぎょりょく》上昇《じょうしょう》（微《び》）
製作者：伊織

■《防具：腰《こし》》大森蜘蛛糸の袴（黒）
防御力：14（＋3）
魔法防御力：3（＋1）

重量：1
耐久度：１００％
付与効果：防御力上昇（小）　魔法防御力上昇（微）
製作者：伊織

■《防具：装飾品《そうしょくひん》》大森蜘蛛糸の羽織（白）
防御力：10（＋3）
魔法防御力：4（＋1）
重量：2
耐久度：１００％
付与効果：防御力上昇（小）　魔法防御力上昇（微）
製作者：伊織

■《防具：頭》鋼の鉢金
防御力：9（＋3）
魔法防御力：2（＋1）

重量：2
耐久度：１００%
付与効果：防御力上昇（小）　魔法防御力上昇（微）
製作者：伊織

■《防具：腕》鋼の篭手《こて》
防御力：11（＋３）
魔法防御力：０（＋１）
重量：5
耐久度：１００%
付与効果：防御力上昇（小）　魔法防御力上昇（微）
製作者：フィノ

■《防具：足》鋼の脛当《すねあ》て
防御力：10（＋３）
魔法防御力：２（＋１）

重量：6
耐久度：100％
付与効果：防御力上昇（小）　魔法防御力上昇（微）
製作者：フィノ

後々篭手と脛当ても新調したため、森で手に入れた素材を売却《ばいきゃく》した金も含めて、ほぼすっからかんになるまで金を放出してしまった。まあ、所詮《しょせん》はあぶく銭。苦労して稼いだ金というわけでもないし、使ってしまったことに後悔《こうかい》はしていない。

尤《もっと》も、次の新調の時にどう稼ぐかということは悩《なや》みの種ではあるのだが。

何はともあれ、新たに手に入れた装備は、これまでとは比べ物にならぬほど良い性能となったのは事実だ。

デザインについてもかなり落ち着いたものになっているし、伊織の計らいなのか、白い羽織の背中には菱形《ひしがた》に『久』の一文字が入った、家紋《かもん》のような紋章《もんしょう》が刻まれていた。

まあ、実際の家紋は教えていないし、俺の名前であるクオンを漢字にして一文字取ったのだろう。これはこれで、オーダーメイド感が出ていて好みではある。

ちなみに、何故かこれら全てを纏《まと》った俺の姿を見て、勘兵衛が半笑いで伊織へと詰《つ》め寄っていたのだが――生憎《あいにく》、その理由は教えて貰《もら》えなかった。

「……正直、この人に関する噂《うわさ》は眉唾《まゆつば》だと思ってたんだけど……実物見るとそうも言ってられないいね」

「八雲《やくも》、動画を見ておきなさいと言ったでしょう？　見てなかったの？」

「いや、それは見てたけど……自分の目で見ないと信じられないいって、あんなの」

俺の戦いを見てしばらく呆然《ぼうぜん》としていたのは、八雲と呼ばれる少年だった。

いや、種族が小人族《ハーフリング》であるため少年に見えているが、実際のところどれぐらいの年齢《ねんれい》なのかは分かっていない。何しろこの種族、どの年齢でも子供のような姿をしているからだ。

見た目から年齢を判断することは困難と言える。

まあ、リアルではエレノアの弟らしく、最大でも二十代前半程度だろうと睨《にら》んでいるのだが。

そんな八雲は木工職人であり、エレノアのプレクランにおけるトップ生産職の一角を占《し》める存在だ。俺が弓や杖《つえ》を使うことはまずないであろうから、世話になる機会はほとんどないかもしれないが、顔を知っておいて損はあるまい。

「緋真の奴だって似たようなことはやってると思うんだがな」

「いや、お前さんがやってるのは、剣姫《けんき》の嬢《じょう》ちゃんがやってるのよりかなり難易度高いだろ……あの嬢ちゃんのですら常人には真似《まね》できないんだから、お前さんのは最早《もはや》異次元の領域だって」

「確かに難易度の高い術理を使うことはあるが、今日やってるのはそう難しいもんじゃない筈なんだが」

師範代《しはんだい》クラスに足を踏《ふ》み入《い》れている緋真でも、難易度の高い業《わざ》を使うことはできていない。まあ、これは実戦的に使い易《やす》い業を優先しているからこそでもあるのだが。

あいつらも、もう少し経験を積めたら効率的に相手を斬《き》るための業に移行できると思うんだが……今しばらくは練習が必要だろうな。

「……まあ、俺のやっていることはあまり気にしなくてもいい。所詮、相手を斬ることしか能のない人間だからな。それより――」

顎《あご》でしゃくるように、俺は前方を示す。その先には既《すで》に、立ち並ぶ石柱が目前まで迫《せま》っていた。目的地はこの石柱を越《こ》えた先、第二の街である『リブルム』だ。

「今からボス戦になるわけだが、どうする？　アンタたちは後ろで見てるか？」

「流石に、何から何まで世話になりっぱなしっていうのも寝覚《ねざ》めが悪いわ。雑魚《ざこ》敵の処理くらいは任せて欲しいのだけど……」

「ふむ、あの狼どもをね」

でかい狼が連れてくる、普通《ふつう》の狼数匹《おおかみすうひき》。

まあ、あれの相手をする程度なら、エレノアたちでも問題はないだろう。

弓使いのエレノア、短剣《たんけん》二刀流の八雲、槌《つち》使いのフィノ、薙刀《なぎなた》使いの伊織、槍《やり》使いの勘兵衛。流石に詳《くわ》しいスキル構成は聞いていないが、一応このフィールドで安定して戦える程度の実力はある。

であるならば、雑魚の相手ぐらいは任せても問題ないだろう。

「まず、八雲と勘兵衛がウルフたちを押《お》さえるわ。続いてフィノと伊織が突撃《とつげき》。クオンはフィノたちが動いたタイミングでボスの方に向かって」

「ふむ。まあ、それならあんたに従おうか」

確かに、いの一番に飛び込んだら狼どもも俺に集ってくるだろう。エレノアたちに狼どもの処理を任せるならば、それは少々都合が悪い。

まあ、やろうと思えば手がないわけではないのだが、この程度の雑魚相手に使うのも少々勿体《もったい》ないだろう。ここは大人しく、エレノアの手腕《しゅわん》を観察させてもらうとしようか。

若干緊張《じゃっかんきんちょう》しながらも、余裕《よゆう》を残した面《おも》持ちで、エレノアはゆっくりと石柱の向こう側へと進んでゆく。

そして――

『オオオォォォ――――ン！』

以前聞いたものと同じ、巨大《きょだい》な狼の遠吠《とおぼ》えが、草原に響《ひび》き渡《わた》っていた。

■グレーターステップウルフ
種別：動物・魔物《まもの》
レベル：8
状態：アクティブ
属性：なし
戦闘位置：地上

以前と変わらぬ識別結果だ。強さも当然、以前と同じということだろう。

つまり、新調した刀の威力《いりょく》の違いを分かりやすく検証できるということだ。

僅《わず》かに切っ先を持ち上げ、口元に笑みを浮かべて――そんな俺の様子には気づかず、エレノアはパーティメンバーたちへと指示を発する。

「八雲、勘兵衛、ヘイトを集中！」

「《挑発攻撃《ちょうはつこうげき》》、行くよ！」

「オラ狼ども、『こっちを見ろ』ォッ！」

まずは身軽な八雲が突撃し、ステップウルフたちに短剣で軽く攻撃を加えてゆく。使っているスキルは、確かダメージを与えた敵からの攻撃が自分に向くようになる攻撃スキルだったたか。

そして鎧《よろい》をがっちりと着込んでいる勘兵衛が使っているのは、《大声》とかいうスキルだろう。効果そのものは八雲が使ったスキルに近いが、こちらにはダメージがなく、その代わり広い範囲《はんい》に効果が発揮された筈だ。

スキル名を宣言しなかったのは……確か、ショートカットとか言ったたか？　緋真が説明していたような気がしたが、あまり気にしていなかったな。

そんなことを考えつつも、俺は【シャープエッジ】を発動しながら己《おのれ》の出番が整うのを待ち続けていた。

と――そこで、待ち望んでいた声が上がる。

「タゲ集中確認《かくにん》！」

「こっちもだ、いいぜ姐さん！」

「フィノ、伊織、行きなさい！　それとクオン！」

「ああ、分かってる！」

待ってましたとばかりに、俺は太刀《たち》を脇構《わき》えに駆《か》ける。

ステップウルフたちを迂回《うかい》するように、その奥《おく》にいるボスへと。

俺が横を通《とお》り抜《ぬ》けるのを、しかし狼たちは気にも留《と》めない。既に狙《ねら》う獲物を見定めているからだろう。

ならば――存分に、親玉を狙わせてもらうとしよう。

『オオオォォ――――ッ！』

向かってくる俺に反応し、デカ狼はこちらに噛《か》みつこうと前へと出る。だが、甘《あま》い。俺が馬鹿正直《ばかしょうじき》に正面から突っ込むだけだと思ったら大間違《おおまちが》いだ。

歩法――陽炎《かげろう》。

疾走《しっそう》からの急制動。全身の筋肉の動きを制御《せいぎょ》し、慣性を殺しながら、一瞬《いっしゅん》で小走り程度の速さにまで減速する。

物の動きを見る際、脳はその先を読んで情報を補完する。その裏を掻《か》いてやれば、こちらの姿は容易《たやす》く相手の認識《にんしき》の外へ置くことができるのだ。

ガチンと、俺を噛み砕《くだ》こうとした牙《きば》が打ち合わされる。狼の視界には、今なお向かってきている俺の姿が映っていることだろう。

その僅かな混乱の隙《すき》に、俺は再び先ほどの速度まで急加速した。

「……ッ！」

斬法──剛《ごう》の型、鐘楼《しょうろう》・失墜《しっつい》。

膝《ひざ》を用いて篭手を蹴《け》り上《あ》げて放つ神速の斬《き》り上げ、そして続け様に放たれる打ち下ろしの一閃《いっせん》。その振り上げの時点でデカ狼の右目を抉《えぐ》り、痛みから反射的に頭を動かしたところへ打ち下ろしの一閃を肩口《かたぐち》へと。

放たれた一閃は、《生命の剣》を使うこともなく、確かにグレーターステップウルフの肉を斬り裂いていた。

「ははははッ！」

俺がレベルアップしたからというのもあるだろう。だがそれ以上に、この太刀の切れ味が素晴らしい！

ああ、やはり、斬るならばこうでなければ！

『グルァアアッ！』

俺を打《う》ち払《はら》おうというのだろう。デカ狼は、その左腕《ひだりうで》を薙《な》ぎ払うように振るう。

だが、甘い。そんな動きは、肩《かた》の筋肉の動きから疾《と》うに見切れている。

俺は半歩下がって上段へと構え──目の前スレスレを通り過ぎた前足を見送って、正面に来た頭へと太刀を振り下《お》ろした。

斬法――剛の型、兜響《がいきょう》。

それは斬るための術理ではなく、割るための術理。

引いて斬るのではなく、叩いて割る。それは刀を使う上での術理としては邪道《じゃどう》もいい所と言えるだろう。

これは、相手の兜《かぶと》を上からブッ叩き、その衝撃《しょうげき》を以《もっ》て兜の内部を破壊《はかい》するという業だ。そのため、刃《は》を潰《つぶ》れさせないように峰《みね》を使って相手を攻撃するのである。

流石に、頭蓋骨《ずがいこつ》を真上から両断するのは中々にリスクが高い。ここは確実に行かせて貰うとしよう。

『ゴ、ガ……ッ⁉』

人間相手であれば今の一撃で脳を潰していただろうが、流石はボスモンスター。この程度では死なないらしい。

だが、衝撃によって朦朧《もうろう》としているのか、完全に動きが止《と》まってしまっていた。少々拍子《ひょうし》抜《ぬ》けではあるが――まあ、スキルを使った切れ味を試《ため》すにはちょうどいい状態だ。

「《生命《せいめい》の剣》」

太刀が光を纏う。それを大上段へと構え、俺は地に伏《ふ》せる狼の隣《となり》へと立った。

半ば気絶しているのか、俺の姿も捉《とら》えられていないデカ狼は、もがくように呻《うめ》くばかり。

あの時はもう少し楽しめたのだが――まあ、これも成長だと考えておこう。

「シッ！」

そして、一閃を振り下ろす。

遮《さえぎ》るものもなく狼の首へと吸い込まれた一太刀《ひとたち》は――その首を、綺麗《きれい》に斬り落としていた。

『レベルが上昇しました。ステータスポイントを割《わ》り振ってください』

『《刀》のスキルレベルが上昇しました』

『《強化魔法《まほう》》のスキルレベルが上昇しました』

『《死点撃《う》ち》のスキルレベルが上昇しました』

戦いとしちゃ少々不満だが、刀の切れ味は存分に確認できた。

まあ、これはこれで満足しておくこととしよう。

第十七章　町の噂

　ボスの領域からしばらく歩み、特に代《か》わり映《ば》えのしない魔物たちを蹴散《けち》らすことしばし。

見えてきた街道《かいどう》の先には、一つの街の姿が存在していた。どうやら、あれが第二の街である
あるリブルムのようだ。

　見たところ、街道にそのまま乗っかるようにして街が存在している。要するに、あれは
街道を利用する者を対象にした宿場町なのだろう。

「貴方《あなた》はまだファウスカッツェから出ていなかったから、一応説明しておくわ」

「おん？　ああ、よく分からんが、頼《たの》むわ」

「本当なら緋真《ひさな》さんが教えたかったんでしょうけどね……」

　エレノアが嘆息《たんそく》しながらぽつりと呟《つぶや》いた言葉についてはよく分からなかったが、とりあ
えず話は聞いておく。

　このゲームに関する一般《いっぱん》常識に当たるのだろう。知っておいて損はあるまい。

　幸い、街道に乗ってからは魔物とは殆《ほとん》ど出会っていない。どうやら、街道を歩いている

場合はあまり魔物と出会わない設定になっているようだ。

今ならば、のんびり話をしていても危険は少ないだろう。

「まず、街についてだけど……現在二番目のボスの討伐《とうばつ》が済んでいないから、事実上あそこが最前線になっているわ。プレイヤーの数も結構多いわね」

「まあ、それはそうだろうな。緋真とかも普段《ふだん》はあそこにいるんだろう？」

「そうね。気を付けてほしいのは、ＭＭＯは基本的に競《きそ》い合いの世界であることよ。他人を出《だ》し抜こうと、あの手この手で先を行こうとするプレイヤーは山ほどいるわ」

「ふむ……その手の奴らに絡《から》まれるかも、ということか」

「ただでさえ、あの緋真さんの師匠《ししょう》ということで注目されてるんだから。変わったことをしたらあっという間に広まるわよ？」

俺自身としてはあまり実感がないのだが、情報の集《つど》うエレノアの言葉だ、無視はできないだろう。とは言っても、絡まれたのならそれ相応の対応をするだけなのだが。既に注目されているのであれば、目立ったところで今更《いまさら》だしな。

「……貴方、割と周囲には無頓着《むとんちゃく》よね」

「おん？」

「いや、別にいいわ。貴方の場合、周囲に囚《とら》われない方がいい結果を生みそうだし。で、次ね。この街は見ての通り、街道に乗るように作られているわ。この街道を進んだ先にあるのが次の街であると言われているけど……」

「その前に、ボスがいるってわけか」

未《いま》だに倒されていないという、第二のボス。

相手があの狼のような単純な相手であれば、ここまで苦戦しているのはおかしな話だろう。何かしら、面倒《めんどう》な相手である筈《はず》だ。

そんな俺の内心を察したのか、エレノアは軽く肩を竦めて続ける。

「これがまた面倒な相手でね。戦闘が始まると同時に、こちらに盛大なデバフをかけてくる悪魔《あくま》なのよ。それで、こちらの行動が阻害《そがい》されている所に、アンデッドをけしかけてくるという厄介《やっかい》な相手よ」

「行動阻害の上に数での攻撃か。理にかなっている分、確かに攻略は難しかろう」

どのような阻害を受けるのかは知らないが、行動の制限と数の暴力はどちらも強大な力だ。しっかりとした対策を実施《じっし》できなければ、蹂躙《じゅうりん》されるのも不思議ではないだろう。

だが――

「それなりに時間も経《た》っているんだろう？　そろそろ、対策も確立していてもおかしくないんじゃないか？」

「そうなのだけどねぇ……一応、ある程度の予想は立っているわ」

「と言うと？」

「あの街の東西に、一つずつ小さい村があるの。その内、東の村には小さなダンジョンがあって、その中でお守りのようなアイテムが手に入るのよ」

「ふむ、鍵《かぎ》となるアイテムがあるというわけか」

こういったもののセオリーは知らないが、近場にヒントがあるのは納得《なっとく》だ。

そう考えて頷《うなず》いていたのだが、隣を歩く八雲《やくも》が俺の言葉を否定していた。

「ところがどっこい、そのお守りを装備しても、デバフは全然防げなかった。一応、エフェクトみたいなものは出たらしいから、何の効果もないってわけじゃなさそうだけどね」

「ふむ……となると、もう一つの西の村にも何かありそうだと」

「ま、そう考えるよね。だけど、向こうでは未だ何も見つかってないって話だよ」

その言葉に、俺は思わず眉根《まゆね》を寄せる。恐らく、何もないということはないだろう。だが、それが見つかっていない理由がよく分からない。

まあ何にせよ、結局は手詰《てづ》まりということなのだろう。

「西の村か。少し、覗《のぞ》いてみるかね」

「そうね。東のお守りについては既に流通分もあるし、そちらを手に入れるのはそれほど手間でもないでしょう」

エレノアの言葉に頷きつつ、近づいてくる街へと視線を向ける。

あと数分程度で門の前まで辿《たど》り着《つ》けるだろう。今回の仕事はそれで終わりだ。その後は
――まあ、適当に街を回ってみるとしよう。

「クオン、街に着いたら、中央部にある石碑《せきひ》を調べて」

「ん？　何かあるのか？」

「石碑の登録をしておくと、石碑間でワープすることができるのよ。つまり、いつでもフアウスカッツェと行き来ができるってこと」

「成程《なるほど》、そいつは重要だな」

特に、あちら側に拠点《きょてん》があるエレノアにとっては重要な話だろう。

先への進出を目論《もくろ》んでいると言っても、ずっとこちらにいるわけにもいかないのだから。

そこまでやって報酬《ほうしゅう》を受け取ったら、あとは自由にさせて貰うとしよう。

＊　＊　＊　＊　＊

石碑の登録を行い、ファウスカッツェへ戻《もど》るエレノアたちを見送って、小さく溜《た》め息《いき》を吐《つ》く。とりあえず自由行動になったわけだが、さてどうしたものか。

話を聞く限りでは、いきなりボスに挑《いど》んでも勝ち目はないだろう。とはいえ、目標はボスの討伐。となれば、今はそれに繋《つな》がるように動いておくべきだ。

となると、先《ま》ずは東か西か。

「東は既に開拓《かいたく》済みって話だったし、ここは西にでも――」

「っ……おい、お前ッ！」

西の村へと向かうため、先ずはその辺にいる現地人からでも話を聞いておこうかとしたところ、横合いから唐突《とうとつ》に声が掛《か》かる。何かと思って視線を向ければ、そこにはこのゲームを始めた直後に戦った、剣士《けんし》のプレイヤーの姿があった。

確か、こいつは――

「あー……クロードだったたか？」

「フリードだっ！」

おっと、直後に受けた緋真からの尋問《じんもん》の方が印象的すぎて忘れてしまっていたか。軽く謝《あやま》ったのだが、当の本人は全く納得できていない様子。

どうしたものかと考えていたところ、フリードの背後から一人の男が近寄ってきた。

「おい馬鹿《ばか》、いい加減人様に迷惑《めいわく》をかけるのは止めろと言っただろ」

「ッ、けど！」

「けども何もない。彼《かれ》に対しては、お前が一方的に因縁《いんねん》をつけてるだけだろうが！　ったく……済みません、クオンさん」

「別に気にしちゃいないが……お前さんは？」

「初めまして、シュレンと言います。ご迷惑をおかけしているところ恐縮《きょうしゅく》ですが、こいつの所属しているパーティのリーダーをやってます」

そう言って頭を下げるシュレンからは、本当に申し訳なさそうな意思が伝わってくる。どうやら、彼はフリードの件で随分《ずいぶん》と苦労させられているようだ。

まあ、俺としては、フリードに関しては全く気にする点などありはしない。むしろ、あれだけの大金を譲《ゆず》ってくれたことに感謝しているぐらいだ。おかげで、フィノたちからの装備の購入《こうにゅう》も楽に済ませることができたからな。

俺は軽く肩を竦め、頭を下げているシュレンに対して声を掛けた。

「ま、さっきも言ったが、気にする必要はない。別に、迷惑を被《こうむ》ったわけでもないしな」

「は、ははは……ところで、緋真さんはご一緒《いっしょ》では？」

「今は別行動だな。というか、いつも一緒に行動してるというわけじゃないぞ？　あいつが他にやりたいことがあるならやればいいしな」

「そうなんですか。てっきり、貴方は緋真さんとコンビを組むものだと……」

「まあ、俺に合わせられる奴はあいつぐらいだろうが……あの馬鹿弟子《ばかでし》が自分で訓練したいと言うなら、それはそうすりゃいいって話だ」

まあ、あいつが修行《しゅぎょう》を見てほしいというのであれば、見てやるのも吝《やぶさ》かではないが。

だがまぁ、あいつも自分で自分の世話ができないわけじゃない。俺がいないならいないなりに、何とかするだろう。そう胸中で呟きつつ返答すると、フリードは何故《なぜ》か機嫌《きげん》が直った様子の笑《え》みを浮《う》かべていた。

「そ、そうか……迷惑をかけた。じゃあ、俺はこれで！」

「あ、おい、フリード！　……済みません、クオンさん」

「別に謝らんでもいい……ああそうだ、一つ聞きたいんだが」

「はい、何でしょう？」

どうせその辺の奴から聞こうとしていたんだ。こいつから聞いても問題はないだろう。

そう考えて、俺はシュレンに対して、西の村に関する話を問いかけた。

「西の村に行こうと思っているんだが、どこから行けるんだ？」

「西の村ですか？　それなら、石碑から真《ま》っ直《す》ぐ西の道を進んで外に出れば、道が続いてますよ。道なりに行けば迷わない筈です」

「そうか。情報感謝する、迷惑料《めいわくりょう》はそれでチャラだ」

「あ……はい、ありがとうございます！　それでは、失礼します」

最後にもう一度頭を下げて、シュレンはフリードを追いかけていく。

しかしまぁ……随分と苦労している様子だな、あの男。まあ、それも織り込み済みであの小僧《こぞう》と付き合っているのだろうが。そこは頑張《がんば》れとしか言いようがないな。

「さてと……ここから真っ直ぐ西だったか」

シュレンの言葉通り、石碑から西へと向かって歩き始める。

宿場町であるリブルムだが、その性質通り、主だった施設《しせつ》はみんな南北に通った道沿いに配置されている。要するに、東西にはあまり厚みがない状態なのだ。

そのためか、それほど歩くこともなく、西側の門まで到達《とうたつ》できた。開け放たれている門の前には、現地人らしい兵士が気の抜けた様子で立っている。

「よう、お疲《つか》れさん」

「ん？　ああ。君は西の村に行くつもりなのか？」

「ああ、ここを真っ直ぐ行けばいいんだろう？」

「そうだな。この道を進めば迷わないで着けるだろう」

足元を見れば、踏み固《かた》められた土の道が続いている。これに沿って進めば、西の村まで到達できるということだろう。

まあ、迷わず着けるのはいいことだ。のんびりと進むとしよう。

と――そうだ、一つ気になっていたことがあったんだ。

「そういえば、北の道は悪魔とアンデッドが塞《ふさ》いでるんだったな」

「ああ、その通りだ。全く、何だって悪魔なんかが……」

愚痴《ぐち》る兵士は、悪魔に対する嫌悪《けんお》感を隠《かく》さずに顔を顰《しか》めている。どうやら、悪魔というのは現地人にとっても敵として扱《あつか》うべき存在のようだ。

問題は、何故そんな存在が街道を塞いでいるのか、ということだが。

「連中について何か知らないか？」

「いや、俺は悪魔には詳しくないんでね。西の村の聖堂《せいどう》にいる神父様なら何か知ってるかもしれないが」

「ほう？　教会の人間は悪魔に詳しいのか」

「そりゃまあ、悪魔《あくま》払《ばら》いの専門家だからな。そういや、この話は以前に来た騎士《きし》様たちにも話したんだが……悪魔が連れてるアンデッドってのは、あの人たちの成れの果てなのかもしれねぇなぁ……」

そう呟き、兵士は沈痛《ちんつう》な表情を浮かべて視線を伏せる。

騎士が悪魔に挑んで敗北し、アンデッドとして使役《しえき》されているかもしれない、ということか。

果たして、アンデッドになった騎士はどの程度の実力を有しているのか――まあ、それを気にする前に、行動阻害を防ぐ方法を見つけなければならないのだが。

「参考になった。それじゃあ、行ってくるよ」

「ああ、夜には門を閉めるから、戻ってくるなら早めにな」

「了解《りょうかい》、それじゃあな」

ひらひらと手を振《ふ》り、門の外へと足を踏み出す。

さて、果たして何か見つけることはできるのか……とりあえず、神父とやらに話を聞いてみるだけでも面白《おもしろ》そうだ。

若干《じゃっかん》の期待を胸に秘《ひ》めつつ、俺は西の村への道を進んでいった。

第十八章　プレイヤーキラー

『《生命《せいめい》の剣《つるぎ》》のスキルレベルが上昇《じょうしょう》しました』

「うーむ、あんまり代わり映えせんな」

襲《おそ》ってきたステップウルフを適当に蹴散らしながら、西の村へと続く道を歩く。

道沿いに進んでいるからか、ここでもあまり魔物が出現する様子はない。いっそのこと道から外れて進んでやろうかとも考えたが、それで迷ってしまっては元も子もないのだ。

大人しく踏み固められた土の道を歩きながら、軽く嘆息を零《こぼ》す。

「レベルも上がり辛《づら》いな、こりゃ。緋真《ひさな》は東のダンジョンで鍛《きた》えたのかね」

あいつのレベルは確か17だった。今では18になっていてもおかしくはないだろう。

しかし、この辺りの敵を倒《たお》していても、そのレベルには到底《とうてい》追い付けるとは思えない。

ダンジョンとやらにどの程度敵が出てくるのかは分からないが、成長に行《い》き詰《づ》まるようであれば行ってみるのもいいかもしれない。

まあ、あまり他人が多すぎる場所というのも少々面倒ではあるが。

（しかし、西の村とやらはどの程度の距離《きょり》なのかね）

このゲームの世界であるが、距離的《きょりてき》な概念《がいねん》についてはかなりリアルに作られている。要するに、街と街の間の距離は中々離《はな》れていて、徒歩で進むにはそこそこ時間がかかるのだ。

一応、街道沿いには馬車なども出ているらしく、ボスを討伐したプレイヤーならば高速で移動することも可能らしい。まあ、そんなことをするぐらいならば石碑で移動した方が手っ取り早いのだろうが。

ともあれ、こうして徒歩で移動するというのは、なかなか時間のかかる行為《こうい》なのである。と言っても、最初はそうせざるを得ないのだから、仕方ないと言えば仕方ないのだが。

（しかし、西の村に何かあるんじゃないかと言われてる割には、他のプレイヤーの姿を見かけんな……）

噂になっているぐらいであれば、もう少し他の連中を見かけているはずだ。

もうすっかり調べ尽《つ》くされてしまったのか、あるいは他に理由でもあるのか——ぼんやりとその可能性を模索《もさく》していた俺《おれ》は、ふと耳に届く甲高《かんだか》い金属音を察知した。

聞き間違《まちが》える筈もない、これは金属同士が打ち合わされる音だ。どうやら、この先で戦《せん》闘《とう》が起こっているらしい。しかし、この辺りの魔物の中に、金属を身に着けているようなタイプはいなかったはずなのだが。

「見たことのない魔物か？　だったら、覗いてみるか」

小さく笑い、俺はその場から走り出す。

響く金属音に続いて、聞こえてくるのは怒号《どごう》と悲鳴。だが、その人数が妙《みょう》に多い。一つのパーティは六人が限界だが、それを超《こ》える人数の声が聞こえてくる。

不自然な状況《じょうきょう》に眉根を寄せつつも道を進んでいくと、そこには十人のプレイヤーの姿があった。おかしな点は、そのプレイヤーたちが、六人と四人に分かれて戦闘を繰《く》り広《ひろ》げていたことだ。

一体何をしているのかと、一番近場にいたプレイヤーに対《たい》して《識別》をかける。

■ガラ
種別：獣人族《ハーフビースト》・プレイヤーキラー
レベル：14
状態：正常
属性：土
戦闘位置：地上

「プレイヤーキラー？　プレイヤーを襲うプレイヤー、か？」

表示された内容に、思わず首を傾《かし》げる。

一体何の意味があるのかは知らないが、まあ追剥《おいはぎ》のようなものか。

一応、彼らに襲われているプレイヤーたちを《識別》してみたが、そちらにはプレイヤーキラーの表示はなかった。となると、あそこにいる四人は、このプレイヤーキラーたちに襲撃《しゅうげき》されたということだろう。

そう納得しつつ走り寄っていくと、プレイヤーキラーの内の一人が、こちらに気づいて声を上げた。

「ちっ、新手か！　俺が押さえるから、そっちの四人はとっととやっちまえ！」

「ははは、入れ食いじゃねぇか！」

成程、どうやら向こうはやる気のようだ。

小さく笑みを浮かべ、俺は太刀を脇構えに構える。僅かに重心を落とした体勢、そのまま、地を蹴る足に力を籠《こ》めた。

歩法――縮地《しゅくち》。

そのまま、俺は体幹と上半身を一切《いっさい》動かすことなく、滑《すべ》るように相手へと肉薄《にくはく》する。

横から見るとスライド移動しているように見えると言われるこの歩法、正面に立つと、離れていた相手が突然《とつぜん》目の前に現れたように見えるのだ。

慣れていない素人《しろうと》では、この動きを見極《みきわ》めることは困難。突然の出来事に固まっている男へと、俺は横薙ぎに刃を放った。

「がふっ⁉」

放たれた一閃は、鎧と兜の隙間《すきま》へと正確に潜《もぐ》り込み、その首を薙ぐ。

そのままごろりと落ちる首には頓着《とんちゃく》せず、俺は次なる相手へと標的を定めた。

短剣を二本持ったその男は、ガラというプレイヤーキラーが崩《くず》れ落《お》ちる様を目にして、大きく狼狽《うろた》える。

「んなっ⁉　ばっ、馬鹿な⁉」

「――反応が遅《おそ》い」

歩法――烈震《れっしん》。

即座《そくざ》にトップスピードに乗る歩法により、短剣の男へと突撃する。距離は七メートルほどか。この程度ならば、一秒と掛からず肉薄できる。

だが、相手も中々の反応を見せ、動揺《どうよう》しながらもスキルを発動させていた。

「す、《ステップ》ッ！」

その言葉の瞬間《しゅんかん》、男の体は跳《は》ねるように後ろへと跳躍《ちょうやく》する。

横薙ぎに振るった刃は、ギリギリのタイミングで男の体を捉えられずに空を斬った。再び距離が空く、が。生憎《あいにく》と、その程度の距離など空けたところで意味はない。

次なる二歩で、俺は再び男へと肉薄する。

「《パリィ》！」

次は避《さ》けられまいと刀を振るおうとした瞬間、その声と共に、男の短剣が青く光る。

それは確か、攻撃《こうげき》を受け流すためのスキルだっただろうか。咄嗟《とっさ》の判断としては悪くないだろう――俺が相手でなければ。

斬法――剛の型・竹別《たけわかち》。

俺の太刀を受け流そうとした武器に、こちらの攻撃を吸い付かせるように叩《たた》き付《つ》ける。

竹別とは、流水《りゅうすい》に対抗《たいこう》するために編み出された、受け流しの動作を押し潰す剛の剣だ。竹を正面から真っ二つにする正確な斬撃を要求されるが、武器での受け流しを得意とする相手にとっては悪夢のような攻撃だろう。相手の受け流しの動きに合わせ、太刀を垂直に押し付けたまま移動させる。結果として、その動作の終了《しゅうりょう》まで、俺の太刀は短剣に張り付いたままとなった。

当然、俺の一刀は片手で受けきれるものではない。続けて放った一閃は男の短剣を無理やりに突破《とっぱ》して、相手の腹を斬り裂《さ》いた。

「ごぁっ⁉　今、スキルを――」

「意外と悪くない反応だったな、先ほどの言葉は訂正《ていせい》しておこう――じゃあな」

スキル頼《だよ》りだったとはいえ、俺の一刀にスキルの発動を間に合わせたのは良い反応だ。一言称賛《しょうさん》の言葉を告げ、俺はこの男の首を落とした。

先ほどの男と同様に崩れ落ちるプレイヤーキラー。その向こう側で、残る四人のプレイヤーキラーたちは、ようやく俺を脅威《きょうい》と認識したようだ。

「くそっ、あっちに撃て！」

「あ、ああ！【ファイアーボール】！」

奥にいた、ローブを纏《まと》ったプレイヤーキラー。そいつが掲《かか》げた杖《つえ》から放たれたのは、バスケットボール大の火の玉だった。

思えば、魔法による攻撃を受けたのは初めてだが……ふむ、ちょうどいい機会だろう。

「――《斬魔《ざんま》の剣》」

スキルの発動と共に、俺の太刀が青い光を纏う。

その光を纏うまま、俺は飛来した火の玉を真正面から斬《き》り伏せた。軽い手応《てごた》えと共に、火の玉は真っ二つに割れ、その次の瞬間に消滅《しょうめつ》する。

今までまるで使うタイミングがなかったが……成程、こういう効果になるのか。そう一人で納得し、思わず首肯《しゅこう》して――ふとそこに、横からの声が掛かる。

「あ、貴方……確か、剣姫《けんき》の師匠だっていう……」

「クオンだ。横から入っちまって悪かったな」

「い、いえ。助かりました」

俺に声を掛けたのは、先ほど襲われていた四人組の中の一人だ。

金髪《きんぱつ》の人間族《ヒューマン》と思わしきそのプレイヤーは、空になったポーション瓶《びん》を片手に持ったまま、俺へと目礼する。

この四人組であるが、全員が女性という、あまり見ないような組み合わせだ。恐《おそ》らく友人同士なのだろう。数の不利に押《お》されてはいたものの、中々息の合った連携《れんけい》だった。

その中のリーダーだと思われるこの金髪に対し、俺はプレイヤーキラーたちを顎《あご》で示しながら声を掛ける。

「俺はあとあの魔法使《まほうつか》いの奴《やつ》を相手する。他の連中はそっちに任せてもいいか？」

「あ、はい！　お願いします！」

頭を下げてきた女ににやりと笑い、俺はローブの魔法使いへと接近する。他の連中は俺と戦いたくないのか、じりじりと後ずさるように距離を取っていた。

標的となった魔法使いは、引きつった表情で俺に杖を向けている。逃《に》げようとしないその根性《こんじょう》だけは評価してやろう。そう胸中で呟きつつ、そのままゆっくりと魔法使いへ近づけば、相手も覚悟《かくご》を決めたのか、俺へと杖を向けていた。

そして、それと同時に杖の先端《せんたん》に収束したのは、先ほどよりも小さな火の塊《かたまり》。

「【ファイアアロー】ッ！」

「《斬魔の剣》」

男の呪文《じゆもん》と共に放たれたのは、矢を模《かたど》った炎《ほのお》の塊だ。その速度は先ほどの火球よりも幾《いく》分《ぶん》か速い。だが、それでも十分に捉え切れる範囲だ。余裕《よゆう》をもって、飛来した火の矢を叩き斬る。

やはり、手応えは軽い。だが、魔法に対処できるというのは中々便利だ。

「っ……【フレイムウォール】！」

再び接近しようとしたが、次に男が繰り出したのは、己と俺を隔《へだ》てる炎の壁《かべ》だった。

走っている相手の目の前に出現させたらかなり効果的だろうが、物理的な防御力《ぼうぎよりよく》は低そうに見える。先ほどから俺がやっていたことを見ていたのなら、これはあまり効果がないことは分かっていると思うのだが。

となると、目的は時間稼《かせ》ぎ辺りだろう——まあ、やることは変わらないが。

「《斬魔の剣》」

スキルを発動して炎の壁に刃を打ち込めば、まるで豆腐《とうふ》に斬りつけたかのようにすっぱりと分かれ、炎は霧散《むさん》する。

どうやら、《斬魔の剣》は設置された魔法に対しても効果を発揮するようだ。相手の防御魔法《ぼうぎよまほう》やらを破る手段としても使えるのだろう。これまでは使い所がなかったが、中々便利なスキルである。

胸中で満足しつつ壁の向こうを覗き込めば、そこには新たな魔法を発動させようとする男の姿があった。

「これならどうだ、【フレイムブラスト】！」

男が杖を突《つ》き出すと同時、その前方に周囲から炎が収束する。そして次の瞬間、それは衝撃を伴《ともな》う爆発《ばくはつ》となって俺へと殺到《さっとう》していた。

範囲《はんい》に効果を及《およ》ぼす魔法、だが――

「《斬魔の剣》っ！」

瞬時《しゅんじ》に反応して、刃を振り下ろす。

迫《せま》る爆炎に俺の刃が触《ふ》れた瞬間、そこから爆発は真っ二つになり、俺の横を通り抜けていった。今のは中々に素早《すばや》い反応を求められたな。範囲系の魔法には注意しておくべきか。

俺の左右を焼き焦《こ》がした爆炎はすぐにその効果を消し――その向こう側に、茫然《ぼうぜん》と立ち

尽くす男の姿が現れる。

「な、な、なん……」

「いい練習になった。感謝しておくぞ？」

最早《もはや》手の内は尽きたのだろう。であればこれ以上付き合わせるのも可哀想《かわいそう》だ。

そう判断し、俺はするりと男に接近して、その心臓を刃で抉った。《死点撃ち》の効果があろうとなかろうと、心臓を穿《うが》てばＨＰは尽きる。

魔法使いの男もまた、成す術なくその場に崩れ落ち――

『《死点撃ち》のスキルレベルが上昇しました』

『《斬魔の剣》のスキルレベルが上昇しました』

――アナウンスが耳に届く。

どうやら、あの四人の女プレイヤーたちもプレイヤーキラーの撃退《げきたい》に成功したようだ。

軽く振るってから太刀《たち》を納刀し、俺は彼女《かのじょ》たちの方へと向き直った。

第十九章　西の村での出会い

　魔法使いのプレイヤーキラーを片付けた頃《ころ》には、他のプレイヤーキラーたちはおおよそ逃げ去《さ》った後のようだった。

　多勢に無勢、というわけではなかっただろうが、元々四人で六人相手に持《も》ち堪《こた》えていた連中だ。腕《うで》はそこそこあるんだろう。その辺に落ちていたプレイヤーキラーたちのドロップ品を回収し、俺は改めて彼女たちに向き直った。

　向こうも戦後処理を終えたのか、改めて金髪の女剣士が声を上げる。

「危ない所を助けていただいて、ありがとうございました。結構ジリ貧の状態でしたから……」

「ああ、どういたしまして。ま、目的地に向かう途中《とちゅう》にあんな光景があったらな。無視するのもどうかって話だし」

「いやぁ、普通《ふつう》数で負けてるＰＫ共なんかと関《かか》わり合《あ》いにはなりたくないと思いますけど……」

若干引きつった表情の彼女に、俺は軽く肩《かた》を竦《すく》める。

確かに、数で不利の状況に飛び込むのは愚《おろ》かな行為であると言えばその通りだろう。だが、久遠神通流《くどうじんつう》は戦場の剣。元より、一対多を想定した型をいくつも持っているのだ。大して数の差もない上に、相手が素人であれば、俺一人で六人相手した所でそれほど困りはしなかっただろう。

そんな俺の内心は知らず、女剣士は改めて声を上げていた。

「改めまして、私はパーティのリーダーをしてます、雲母水母《きららくらげ》と言います。見ての通り、人間族《ヒューマン》ですね。それで、こっちが私の仲間の――」

「えっと、まず私ですかね。副リーダーを務めております、リノと言います。森人族《エルフ》で、パーティでは回復役ですね」

「獣人族《ハーフビースト》のくーちゃんでっす！　斥候《せっこう》役だよ！　助けてくれてありがとう！」

「……薊《あざみ》。魔人族《ダークス》の魔法使い」

先ほどから話していた、金髪の剣士が雲母水母。ゲームで言うのもなんだが、変な名前だ。それに続いて、青銀の髪《かみ》を伸《の》ばした清楚《せいそ》な女性がリノ。小柄《こがら》だが、溌溂《はつらつ》とした様子を見せる猫《ねこ》耳の少女がくー。そして最後に、帽子《ぼうし》を目深《まぶか》にかぶった黒髪《くろかみ》の少女が薊。

四人とも見目が整っているだけあって、こうして並ぶと中々に壮観《そうかん》だ。

警戒心《けいかいしん》が強い――と言うより人見知りな様子の薊はともかくとして、美少女たちに感謝の意を示されるというのは中々悪くない。

「既《すで》に知っている様子だったが、クオンだ。見ての通り人間族《ヒューマン》だな」

「あはは、クオンさんは有名ですからねぇ」

まあ、緋真《ひさな》の師匠というだけで、注目を集める理由にはなるだろう。一日二日で話が広まりすぎだという気はしないでもないが。

まあ、それもまたネットの怖《こわ》さと言うべきか。

「自己紹介《しょうかい》はこんな所か。で、お前さんらは西の村に行く所か？」

「ええ、そうなんですけど……どうも、そちらに向かうプレイヤーを狙《ねら》ったＰＫが出てたみたいなんですよね。さっきの連中もその一部かと」

「人気が少ない分狙いやすい、ということか。おまけにそのせいでこちらに来る人間も減っていたと」

「そういうことですね。まあ、いい加減ボス攻略《こうりゃく》も行き詰《づま》ってますし、その程度のリスクを負ってでも打開策を探したかったんですが……それでさっきの様《ざま》です」

自虐《じぎゃく》するように口にする雲母水母に、俺は小さく苦笑《くしょう》を零す。

確かに、危険を甘《あま》く見積もったのはリーダーとして反省すべきことだろう。だが、それでもそういったチャレンジャー精神は決して嫌《きら》いではない。

先ほどの戦いの腕も相まって、俺は彼女たちのことをそこそこ気に入っていた。

「俺が通りかかったのはタイミングが良かったな。ついでだし、このまま一緒に向かうか？」

「いいんですか⁉」

「いいも何も、目的地は同じだからな。進むのが同じ道なのに、わざわざ分かれて行く理由もあるまい。まあ、嫌《いや》だって言うなら、俺は先に行かせてもらうが」

俺の言葉を聞き、雲母水母はちらりとリノの方へ視線を向ける。

その視線での問いかけに対する答えは首肯――きちんと確認《かくにん》を取る辺り、中々慎重《しんちょう》ではあるようだ。恐らく、彼女がパーティの参謀役《さんぼうやく》を務めているのだろう。

まあ、他に適任もいなさそうではあるが。

「分かりました。よろしくお願いします、クオンさん」

「ああ、よろしく頼《たの》む。それじゃあ、早速《さっそく》進むとするかね」

頭を下げる雲母水母にひらひらと手を振り、先導するように歩き出す。

予想外に華《はな》やかなものとなった旅路に、俺は思わず笑みを浮かべていた。

＊＊＊＊＊

『《ＭＰ自動回復》のスキルレベルが上昇しました』

「ようやく到着《とうちゃく》か……リブルムの門が閉まる時間を考えると、あまり長居はできないな」

「一時間ほどでしょうか……素早く情報収集をしなければなりませんね」

しばし歩き続けて辿り着いた、長閑《のどか》な村。

村の周囲を囲むのは木でできた柵《さく》程度で、規模もそれほど大きくはないだろう。だが、戦いの気配は感じられず、とても穏《おだ》やかで落ち着いた雰囲気《ふんいき》を感じる。

唯一《ゆいいつ》目立つのは、村の中央付近にある大きな聖堂だろうか。リノの言う通り、時間はあまりないが……目ぼしい建物も少ない。調査にはそれほど時間はかからないだろう。

「相変わらず小さな村だねー。ホントに何か仕掛《しか》けがあるのかな？」

「……望《のぞ》み薄《うす》だと思うけど。あの聖堂ぐらいしか目ぼしい場所はないし、もう調べた後だし……」

ちびっ子二人の言葉に、俺は内心で同意する。

見た所ではあるが、この村にはあの聖堂ぐらいしか目立つものがない。しかしながら、ああいった目立つ建物があるのであれば、真っ先に調べられているはずだ。

それでいてなお何も見つかっていないのであれば、薊の言葉の通り、あまり期待はできないだろう。

と、その時——そんな会話をしていた俺たちの前を、二人の子供が走《はし》り抜《ぬ》けていった。

「あははっ、待てー！」

「待て待てー！」

年齢《ねんれい》は恐らく五歳《さい》程度だろう。

木の枝を持った二人の子供は、周りに頓着することもなく走り回っている。その姿を見つめて、俺は僅《わず》かに視線を細めた。

「ふふ、子供は元気でいいですね」

「ああいう光景を見るとなんか和むわねー……って、クオンさん？」

雲母水母の困惑《こんわく》する声を背中に、俺は走り回る子供たちへと最短距離で近づく。

そして、その子供たちが木の枝を振り上《あ》げている腕を掴《つか》み、二人の動きを止めた。

ぎょっとした表情でこちらを見上げてくる二人の子供に、極力声に険が籠《こも》らぬよう注意しながら告げる。

「お前たち、何をしようとしてるか分かってるのか？」

「な、なんだよおっさん！」

「はなせよっ！」

おっさんと言われたことには若干カチンと来つつも、それを表情には出さない。

じたばたと暴れる二人の子供ではあるが、生憎とその程度で俺の腕を外せるはずもない。

小さく嘆息《たんそく》し、声を上げようとし――ちょうどそこで、慌《あわ》てた様子の四人が近づいてきた。

「ちょっとクオンさん、何してるんですか突然⁉」

「その子たちが何かしましたか？　私には追いかけっこをしていたようにしか……」

「ああ、説明もなしに悪かったな。確かにお前さんの言う通り、追いかけっこには違《ちが》いないんだが……」

肩越《かたご》しにリノの言葉に首肯してから、俺は視線を前へと向ける。

前方にある植え込み、その植木の中で、不自然に葉が揺《ゆ》れている場所を凝視《ぎょうし》しながら。

「どうも、あそこにいるちっこいのを追いかけていたようだったからな。危なそうなんで止めておいた」

「ちっこいの？　え、どれのことですか？」

「お、おっさん⁉　アンタ、あいつが見えるのか⁉」

俺の言葉に、暴れていた子供たちが驚愕《きょうがく》した様子で声を上げる。

相変わらずおっさん呼ばわりであるが、そこはスルーしつつ、俺は首を横に振っていた。

「いや、見えてはいない。雲母水母たちも一緒だろう？」

「え、ええ……本当に何かいるんですか？」

「ああ、気配がするな。大きさは……二十センチ程度か。無色透明《むしょくとうめい》な、小さな生き物だ」

気配だけは分かる、謎《なぞ》の生き物。

完全な無色透明であり、視覚でその姿を捉《とら》えることはできない。だが、空気や物の振動《しんどう》、僅かな音自体は発生している。大きさは恐らく二十センチ弱、空中を浮遊《ふゆう》して移動している不思議な生き物だ。

そんな俺の言葉に、子供が興奮した様子で声を上げていた。

「妖精《ようせい》だよ！　あそこに妖精がいるんだ！」

「妖精……成程《なるほど》、そう言われれば納得《なっとく》だな。小さいし、飛んでるし」

「誰《だれ》も信じてくれなかったから、捕《つか》まえようとしたんだけど……おっさん、話分かるな！」

「ええい、いい加減おっさん言うな。それは兎《と》も角《かく》――」

嘆息して、俺はひょいと二人の持つ木の枝を取り上げる。

あっという間に奪《うば》われたからだろう、子供たちは呆然《ぼうぜん》とした表情で自分の掌《てのひら》を見下ろしている。そんな二人を見下ろしながら、俺は視線を細めつつ声を上げた。

「お前たち、あそこに生えている木ぐらいでかい巨人《きょじん》が、棍棒《こんぼう》持って襲い掛かってきたらどう思う？」

「はぁ？　そりゃ、逃げるにきまってるだろ！」

「う、うん！」

「だろう？　あの妖精からは、お前たちはそういう風に見えているってことだ」

「あっ」

俺の指摘《してき》を聞いて、子供たちは目を真ん丸に見開いている。

まあ、自分より小さい生き物から、自分がどう見えているかなど、そうそう考えるものではないだろう。ましてや、追いかけていたのはまだまだ小さい子供だ。その辺の判断など期待するものではない。

「お、おれ、怖がらせるつもりじゃ……」

「その気はなくても、あっちは怖がってるんだ。もう止めてやれ……いいな？」

「……うん」

「ごめんなさい……」

「いい子だ。そら、反省したなら別の所で遊んできな」

小さく笑い、子供たちの背中をポンと押す。

少しだけつんのめった二人は、一度こちらを見つめた後、そのまま村の奥《おく》の方へと走っていった。まあ、妖精の存在を信じて貰《もら》えて、多少は満足したのだろう。

もう一度先ほどの植え込みの方へと視線を向ければ、例の妖精とやらの気配はまだその場から動いていない。どうやら、今のやり取りを観察していたようだ。

「妖精か……そんな生き物もいるんだね」

「見てみたいですねぇ……子供じゃないと見えないんでしょうか？　くーちゃん、見えません？」

「それ、暗にあたしのこと子供って言ってる⁉」

一応中学生ではあるらしいくーは、リノの言葉に憤慨《ふんがい》した様子で抗議《こうぎ》している。

まあ、様子を見た感じ、俺以外に妖精の存在を察知できている者はいないようだ。一体何の意味があるのかは知らんが、捉えられない以上、あまり深く考えても仕方ないだろう。

やれやれと肩を竦め、透明《とうめい》な小人へと向けて声を上げる。

「じゃあな、ちびっ子。あんまり子供の前でウロウロするんじゃないぞ？」

「……何もない所に声を掛《か》けてる」

「そう見えるのは仕方ないだろ……ほら、行くぞ――って、お？」

薊の言葉にツッコミを入れつつ踵《きびす》を返し、聖堂の方へと向かおうとした、その瞬間。植え込みの陰《かげ》に隠れていた不可視の妖精が、ふわりと移動してこちらに接近してきた。

先ほどの言葉を聞いていたのかどうか、遠慮《えんりょ》なく顔面近くまで近づいてきた妖精は、俺の頭の周りをグルグルと二回転ほど回り、俺の額に触れる。

瞬間――

『称号《しょうごう》《妖精の祝福》を取得しました』

「なっ⁉」

そんなインフォメーションが耳に響《ひび》き、その瞬間、目の前が眩《まばゆ》く光る。咄嗟に後退して構え――俺は、視界に映ったそれに、思わず眼《め》を見開いた。

そこに浮《う》かんでいたのは、体長二十センチ弱ほどの、人形のような小さな生き物。緑色のドレスのような服装、ふわふわとした金色の髪、そして半透明《はんとうめい》な二対の羽。

その姿は――

「わぁっ⁉　妖精⁉　いきなり見えるようになったよ⁉」

「可愛《かわい》いですね！　でも、突然どうして？」

「……ちょっと待ってくれ」

状況がよく分からないが……とりあえず、さっきのインフォメーションからするに、称号とやらを取得したことで妖精の姿が見えるようになったように感じる。楽しげな様子でフワフワと飛んでいる妖精の姿を眺《なが》めつつ、俺は先ほど手に入れた称号を確認した。

■《妖精の祝福》
妖精に気に入られ、友好を結んだ者の証《あかし》。

称号所有者の近くでは妖精の姿が見えるようになり、所有者は妖精の《テイム》が可能になる。

この称号スキルをセットした場合、妖精に対する《テイム》の成功率が上昇する。


《テイム》というのは……確か、魔物《まもの》と契約《けいやく》して自分の仲間にできるスキルだ。

成功率はかなり低いが、一度成功すれば恒久的《こうきゅうてき》に仲間として運用することができる。また、イベントでは確定で《テイム》が成功するタイミングがあるという話だったが――

「……つまり、妖精を助けたから、妖精に気に入られたって話か」

「そうなんですか？　でも、見えないものを助けるとか、中々無理ゲーな話なんですけど」

「まあ、姿が見えるタイミングもあるんじゃないのか？　ふむ、しかし……」

妖精は、とても上機嫌《じょうきげん》な様子で俺の周りを回っている。

称号のこともあるし、どう控《ひか》えめに見ても気に入られているとみて間違いないだろう。
となると——せっかくの機会だし、試《ため》してみるべきか。

■《テイム》：補助・パッシブ／アクティブスキル
魔物を仲間にすることができる。

成功率はスキルレベルに依存《いそん》する。

また、テイムモンスターをパーティに加えるにはこのスキルをセットしている必要がある。


「スキルを取得して……おい妖精。お前さん、俺の仲間になるか？」

「クオンさん⁉　マジですか⁉」

スキル取得のSPは4、ここのところ使ってなかったし、十分払《はら》える範囲だ。まあ、スキル枠《わく》が若干気になるが、ここは入《い》れ替《か》えつつ運用するしかないだろう。

そんな俺の内心を他所《よそ》に、言葉を聞いた妖精は、驚愕する雲母水母のことはまるで気にせずに全身で喜びと肯定《こうてい》を表現していた。

どうやら、随分《ずいぶん》と気に入られたらしい。

「なら、俺と一緒《いっしょ》に来い――《テイム》！」

「――♪」

『《フェアリー》のテイムに成功しました。テイムモンスターに名前を付けてください』

スキルの効果を拒《こば》むことなく、妖精は喜びを表現するようにクルリと回る。

光《ひか》り輝《かがや》く小さな妖精。その姿を横目に、俺はシステムウィンドウを操作する。

「……よし。よろしく頼む、『ルミナ』」

「――――！」

俺の言葉に、妖精――ルミナは、任せろと言わんばかりに、その手を大きく振《ふ》り上げていた。まだレベルは1、このゲームに降り立ったばかりの時の俺と同じようなものだ。

だが、それはつまり、幾《いく》らでも伸びしろがあるということ。このちびっ子が、果たしてどのように成長するのか――まるで弟子《でし》を育てているような感覚に、思わずくつくつと笑《え》みを零す。

俺の仲間となったのだ、中途半端《ちゅうとはんぱ》など認めるつもりはない。徹底的《てっていてき》に鍛え上げ、次のボスとやらも共に叩き潰《つぶ》してやるとしよう。

「さてと……そのためにも、まずは情報収集だな」

ルミナに注目している小娘《こむすめ》共を尻目《しりめ》に、俺は村の奥にある建物へと視線を向ける。話に

聞いている聖堂《せい》、そこに果たしてボスを打倒《だとう》するための何かがあるのかどうか。
未知への興味と戦いへの期待を胸に、俺は聖堂へと向けて足を踏《ふ》み出《だ》したのだった。

■アバター名：クオン

■性別：男

■種族：人間族《ヒューマン》

■レベル：11

■ステータス（残りステータスポイント：0）

STR：16

VIT：13

INT：16

MND：13

ADI：11

DEX：11

■スキル

ウェポンスキル：《刀：Lv.11》

マジックスキル：《強化魔法《まほう》：Lv.8》

セットスキル：《死点撃《う》ち：Lv.10》

《ＭＰ自動回復：Lv.4》

《収奪《しゅうだつ》の剣《つるぎ》：Lv.6》

《識別《しきべつ》：Lv.8》

《生命《せいめい》の剣：Lv.7》

《斬魔《ざんま》の剣：Lv.2》

《テイム：Lv.1》

サブスキル：《ＨＰ自動回復：Lv.4》

《採掘《さいくつ》：Lv.1》

称号スキル：《妖精の祝福》

■現在ＳＰ：4

■モンスター名：ルミナ
■性別：メス
■種族：フェアリー
■レベル：1
■ステータス（残りステータスポイント：0）
STR：3
VIT：6
INT：17
MND：14
AGI：12
DEX：8
■スキル
ウェポンスキル：なし
マジックスキル：《光魔法》
スキル：《光属性強化》
《飛行》
《魔法抵抗《まほうていこう》：中》
《ＭＰ自動回復》
称号スキル：《妖精女王の眷属《けんぞく》》

あとがき

ども、Allenです。名前を全角にしたかったけど縦書きだと気持ち悪かったので中止。

『マギカテクニカ』第一巻を手に取って頂き、そしてここまで読んでいただき、まことにありがとうございます。

無事一巻を発売することができたのも、読者様方の応援のお陰です。この場を借りて、心より感謝の言葉を申し上げます。さて、硬い挨拶はこのぐらいで。のんびりざっくりこの小説について話していきたいと思います。

本作は、『小説家になろう』で連載中の作品、『Magica Technica ～剣鬼羅刹のＶＲＭＭＯ戦刀録～』を書籍化したものとなります。Ｗｅｂ版の方は若干タイトルが固いですね。

本作の特徴として挙げるとすれば、あんまり主人公に対する主人公補正がないことでしょうか。あくまでも、本人が長年積み上げてきた技術と実力でねじ伏せており、チートや幸運によって力を得るという要素はありません。

その代わり、技術的な方面での成長要素はほぼ無いです。しかし、ゲーム世界であるがゆえに、技術や能力とは異なる面で成長という要素を付け加えることができています。ステータスやスキルの成長、それによる強敵の打破は実に映えるシーンになるかと。

　クオンは所謂二周目主人公のような存在であると考えて描いています。事実、小説五冊分ぐらいの冒険はこなしてきた結果が今の彼ですので。成長の要素という面であれば緋真や、今回はまだ名前しか出てきていませんが、アルトリウスの方が相応しいでしょう。

　今まであまり万人受けしない作品ばかり書いてきた身であるため、正直なところ、書籍化まで漕ぎ着けられるとは考えていませんでした。ＨＪネット小説大賞に応募はしましたが、最後まで残るとは全く考えておりませんでしたし。厨二要素もこれぐらい薄くすれば大丈夫ということか。正直薄すぎて味が残ってない感ですが。しかしいつでも心に十四歳を飼っているのでその感覚だけは忘れないように書いていきます。

　本作における十四歳要素の最たるものが久遠神通流だと思います。正直我ながら無茶なことばかり書いていると思いますが、何だかんだちょっとあり得そうだなと勘違いできる範囲で技を考えております。そうやって、リアルスキルだけで無茶や無謀を通していくのは書いていて爽快ですね。読んでいる方にもその爽快感が伝わればいいなと思っています。

　本作ですが、先程も書きましたが、基本的にはＷｅｂでの連載となっております。基本的に二日おきの更新を継続しておりますので、書籍版を初めて手に取ったという方も、よろしければＷｅｂ版もお楽しみいただければと思います。また、Ｗｅｂ版からお楽しみ頂いている方も、書籍版で改めて最初から読んでいくことで、伏線の要素などにも気づくことができるかもしれません。発売されている頃には、ちょうど世界観に関する大きな秘密が公開されている頃かもしれませんので、答え合わせの形でもお楽しみいただけるかと。

では、最後となりますが、ここまで読んでいただきありがとうございました。拙作をこのような書籍という形にすることができたのも、読者の皆様、ホビージャパンの編集部および担当様、そして美麗なイラストを描いていただいたひたきゆう様、皆さまの助けがあったからこそです。特に、クオンは格好良く迫力ある姿で、女の子たちは可愛く艶やかに描いてくださったひたきゆう様、本当にありがとうございました。改めまして、この場を借りて心よりお礼を申し上げます。今後も楽しんで執筆を続けてまいりますので、どうぞよろしくお願いいたします。

またお会いできることを楽しみにしております。ではでは。

Allen

Ｗｅｂ版：https://ncode.syosetu.com/n4559ff/

Twitter：https://twitter.com/AllenSeaze

世界各国からの来賓者、
さらには神々も見守る中、
遂に冬夜たちの結婚式が始まる！
フォンとともに。21
2020年6月発売予定！

新婚旅行の行き先は地球に決定。
九人の花嫁を連れて
冬夜は懐かしき世界へと帰還することになり……。
異世界はスマート
冬原パトラ
illustration■兎塚エイジ

太陽神の復活祭はまだまだこれからと、大忙しのアスタたち。
そんな中、突如ポルアースが顔を出す。
Author
EDA
Illust.
こちも
異世界料理道
VOLUME 21
Cooking with wild game.

いつものようにアスタは新作料理の
お披露目会を頼まれるが、
何故かシン＝ルウも、剣術の試し合いに
呼ばれてしまい!?
お祭りも佳境を迎える第21巻!!
2020年夏発売予定!

HJ NOVELS
HJN48-01

マギカテクニカ
～現代最強剣士が征くVRMMO戦刀録～ 1

2020年5月23日　初版発行

著者――Allen

発行者―松下大介
発行所―株式会社ホビージャパン
〒151-0053
東京都渋谷区代々木2-15-8
電話　03(5304)7604（編集）
03(5304)9112（営業）

印刷所――大日本印刷株式会社

装丁――AFTERGLOW／株式会社エストール

ISBN978-4-7986-2209-5　C0076

ファンレター、作品のご感想お待ちしております

〒151－0053　東京都渋谷区代々木2－15－8
(株)ホビージャパン HJノベルス編集部 気付
Allen 先生／ひたきゆう 先生